Por que eu escrevo
& outros textos

GEORGE ORWELL

Por que eu escrevo
& outros textos

Tradução de DENISE BOTTMANN

Texto de acordo com a nova ortografia.
Títulos originais: Título original: "Why I Write", "Confessions of a Book Reviewer", "Bookshop Memories", "*Books vs. Cigarettes*", "Shooting an Elephant", "A Hanging; Marrakech", "A Day in the Life of a Tramp", "Beggers in London", "The Freedom of the Press", "Reflections on Gandhi", "Notes on Nationalism", "What is Fascism", "Such, Such Were the Joys"
Tradução: Denise Bottmann
Capa: Ivan G. Pinheiro Machado
Preparação: Guilherme da Silva Braga
Revisão: Nanashara Behle

CIP-Brasil. Catalogação na publicação
Sindicato Nacional dos Editores de Livros, RJ

O89p

Orwell, George, 1903-1950.
    Por que eu escrevo e outros textos / George Orwell; tradução Denise Bottmann. – Porto Alegre [RS]: L&PM, 2022.
    216 p. ; 21 cm.

    Tradução de: "Why i write", "Confessions of a book reviewer", "Bookshop memories", "Books vs. cigarettes", "Shooting an elephant", "A hanging; marrakech", "A day in the life of a tramp", "Beggers in London", "The freedom of the press", "Reflections on gandhi"
    ISBN 978-65-5666-265-7

    1. Orwell, George, 1903-1950 - Ensaios. 2. Literatura inglesa - História e crítica. 3. Ensaios ingleses. I. Bottmann, Denise. II. Título.

22-77724   CDD: 820.9
                      CDU: 82.09(410.1)

Gabriela Faray Ferreira Lopes - Bibliotecária - CRB-7/6643

© da tradução, L&PM Editores, 2021

Todos os direitos desta edição reservados a L&PM Editores
Rua Comendador Coruja, 314, loja 9 – Floresta – 90.220-180
Porto Alegre – RS – Brasil / Fone: 51.3225.5777
Pedidos & Depto. comercial: vendas@lpm.com.br
Fale conosco: info@lpm.com.br
www.lpm.com.br

Impresso no Brasil
Inverno de 2022

Sumário

Escrita, livrarias e livros
Por que eu escrevo 9
Confissões de um resenhista 20
Lembranças de uma livraria 25
Livros x cigarros 32

Lembranças de um guarda imperial
Abatendo um elefante 41
Um enforcamento 51
Marrakech 58

Marginalizados
Um dia na vida de um vagabundo 69
Mendigos em Londres 79

Política e sociedade
A liberdade de imprensa 91
Reflexões sobre Gandhi 104
Notas sobre o nacionalismo 115
O que é o fascismo? 143

Memórias de infância
Tais, tais eram as alegrias 151

Sobre o autor 209

Escrita, livrarias e livros

Por que eu escrevo*

Desde cedo, lá pelos cinco ou seis anos de idade, eu sabia que, quando crescesse, ia ser escritor. Entre os dezessete e os 24 anos, tentei abandonar essa ideia, mas sabendo que estava ferindo minha verdadeira natureza e que, mais cedo ou mais tarde, iria me assentar e escrever livros. Éramos em três filhos, sendo eu o do meio, mas havia uma diferença de cinco anos entre cada um de nós, e, antes dos oito anos, eu mal via meu pai. Por essa e outras razões, eu era um pouco solitário e logo criei umas manias desagradáveis que, durante todo o tempo de escola, não me fizeram muito simpático entre os colegas. Eu tinha o costume das crianças solitárias de inventar histórias e conversar com pessoas imaginárias, e creio que minhas ambições literárias vinham mescladas, desde o começo, à sensação de ficar isolado e ser menosprezado. Eu sabia que tinha facilidade com as palavras e capacidade de encarar fatos desagradáveis, e sentia que isso criava uma espécie de mundo pessoal onde podia compensar minhas insuficiências na vida cotidiana. Apesar disso, a quantidade de coisas que escrevi a sério – isto é, com a intenção de escrever a sério – durante a infância e a puberdade não chegou a meia dúzia de páginas. Escrevi meu primeiro poema aos cinco ou seis anos de idade, ditando para minha mãe. Não lembro nada desse poema, a não ser que era sobre um tigre e que o tigre tinha "dentes que

---

* Publicado no número 4 da revista britânica *Gangrel*, no verão de 1946.

pareciam cadeiras" – uma analogia bem boa, mas imagino que o poema plagiava o *Tigre, tigre* de Blake. Aos onze anos, quando estourou a guerra de 1914-18, escrevi um poema patriótico que foi publicado no jornal local, bem como um outro, dois anos depois, sobre a morte de Kitchener. De tempos em tempos, quando tinha um pouco mais de idade, escrevi uns "poemas de natureza" ruins, geralmente inacabados, no estilo georgiano. Também tentei, umas duas vezes, escrever um conto que ficou horroroso. Esse é o total do trabalho pretensamente sério que pus no papel durante todos aqueles anos. Apesar disso, realmente me envolvi, em certo sentido, em atividades literárias. Para começar, havia as coisas sob encomenda que eu escrevia rápido, sem dificuldade e sem muito prazer pessoal. Além das tarefas de escola, escrevia *vers d'occasion*, poemas semicômicos que fazia numa velocidade que agora me parece espantosa – aos catorze anos, escrevi uma peça inteira rimada, imitando Aristófanes, mais ou menos no prazo de uma semana –, e ajudava a publicar revistas escolares, tanto impressas quanto manuscritas. Essas revistas eram a coisa mais patética e burlesca que se podia imaginar, e tive muito menos trabalho com elas do que teria agora com o jornalismo mais rasteiro. Mas, ao lado de tudo isso, andei fazendo, durante uns quinze anos ou mais, um tipo muito diferente de exercício literário: era a elaboração de uma "história" corrida sobre mim mesmo, uma espécie de diário que só existia em minha cabeça. Creio que é um hábito comum das crianças e adolescentes. Quando bem pequeno, eu imaginava que era, digamos, Robin Hood e me representava como o herói de aventuras emocionantes, mas logo minha "história" deixava de ser puro e simples narcisismo e passava a ser cada vez mais uma descrição direta do que eu fazia e das coisas que via. A cada vez, ficava durante vários minutos com esse tipo de coisa me passando pela cabeça: "Ele abriu a porta e entrou na sala. Um raio dourado de sol, filtrando-se pelas cortinas de musselina, incidia obliquamente na mesa onde, ao lado do tinteiro, havia uma caixa de fósforos entreaberta. Com a mão direita no bolso, ele avançou até a janela. Na rua lá embaixo, um gato malhado perseguia uma folha morta" etc. etc. Esse hábito continuou até meus 25 anos, atravessando meu período não literário. Embora tivesse de procurar e realmente procurasse as palavras certas, era como se eu fizesse esse esforço descritivo quase contra minha vontade, sob uma espécie de compulsão externa. A "história", imagino eu, devia refletir os estilos dos diversos autores que eu admirava em minhas várias idades, mas, até onde me lembro, tinha sempre a mesma qualidade meticulosamente descritiva.

Aos dezesseis anos, mais ou menos, descobri de repente a alegria das meras palavras, isto é, os sons e associações de palavras. Os versos do *Paraíso perdido*:

Então elle com dificuldade e dura faina
Prosseguiu: com dificuldade e faina elle...

[So hee with difficulty and labour hard/ Moved on: with difficulty and labour hee...]

que agora não me parecem tão magníficos, me deixavam arrepiado, e o uso de *elle* em vez de *ele* era um prazer adicional. Quanto à necessidade de descrever as coisas, eu já tinha bastante experiência. Então fica claro o tipo de livro que eu queria escrever, se é que se podia dizer que, naquela época, eu queria escrever livros. Queria escrever enormes romances naturalistas com final triste, cheios de descrições detalhadas e analogias profundas, e também cheios de passagens floreadas, em que as palavras eram, em certa medida, usadas por causa da sonoridade. E, de fato, meu primeiro romance completo, *Dias na Birmânia*, que escrevi aos trinta anos, porém planejado desde muito antes, é desse gênero. Apresento todas essas informações retrospectivas porque não me parece possível avaliar os motivos de um escritor sem saber alguma coisa sobre seu desenvolvimento anterior. Seu tema será determinado pela época em que ele vive – pelo menos é o que se aplica a tempos turbulentos e revolucionários como o nosso –, mas, antes que comece a escrever, ele já adquiriu uma postura emocional da qual nunca escapará por completo. Claro que lhe cabe disciplinar seu temperamento e evitar ficar preso numa fase imatura ou manter um espírito turrão: mas, se escapar totalmente de suas influências iniciais, matará seu impulso de escrever. Deixando de lado a necessidade de um ganha-pão, creio que existem quatro grandes motivos para escrever, pelo menos para escrever em prosa. Eles existem em graus diversos em todos os escritores, e em cada escritor as proporções variarão de tempos em tempos, conforme a atmosfera em que está vivendo. São eles:

(i) Puro egoísmo. Vontade de parecer inteligente, de ser comentado, de ser lembrado após a morte, de se vingar dos adultos que nos desdenharam na infância etc. etc. É bobagem fingir que o egoísmo não é motivo, e bem forte. Os escritores têm essa característica em comum com cientistas, artistas, políticos, advogados, soldados, empresários de sucesso – em suma, com toda a camada no topo da humanidade. Os seres humanos, em sua grande maioria, não são intensamente egoístas. Lá pelos trinta anos, abandonam as ambições individuais – em muitos casos, na verdade, quase abandonam o senso de ser indivíduos –

e vivem sobretudo para os outros ou sufocam sob um trabalho massacrante. Mas há também uma minoria de gente talentosa e voluntariosa, decidida a viver inteiramente sua vida, e os escritores pertencem a essa categoria. Eu diria que os escritores sérios são, de modo geral, mais vaidosos e autocentrados do que os jornalistas, embora menos interessados em dinheiro.

(ii) Entusiasmo estético. Percepção da beleza no mundo externo ou, por outro lado, nas palavras e em sua disposição correta. Prazer com o impacto de um som sobre outro, com a solidez da boa prosa ou o ritmo de uma boa história. Vontade de transmitir uma experiência que se considera valiosa e que deveria ser preservada. O motivo estético é bem frágil em muitos autores, mas mesmo um escritor de livretos doutrinários ou de manuais escolares tem suas palavras e expressões prediletas, que o atraem por razões não utilitárias, ou pode ter um especial apreço pela tipografia, pela largura das margens etc. Acima do nível de um guia ferroviário, nenhum livro está totalmente isento de considerações estéticas.

(iii) Interesse histórico. Vontade de ver as coisas como elas são, descobrir os fatos verdadeiros e coligi-los para o uso da posteridade.

(iv) Objetivo político – usando o termo "político" na acepção mais ampla possível. Vontade de impulsionar o mundo numa determinada direção, de mudar as ideias dos outros sobre o tipo de sociedade pelo qual deveriam lutar. Aqui também, nenhum livro está realmente isento de um viés político. A opinião de que a arte não deve ter nada a ver com a política é, ela mesma, uma atitude política.

Pode-se ver como esses diversos impulsos lutam necessariamente uns contra os outros e variam de pessoa para pessoa e de época para época. Em mim, por natureza – entendendo-se "natureza" como o estado que atingimos quando chegamos à idade adulta –, os três primeiros motivos prevalecem sobre o quarto. Numa época de paz, eu poderia escrever livros de prosa floreada ou meramente descritivos e continuar quase sem perceber minhas lealdades políticas. No caso, fui obrigado a virar uma espécie de doutrinário. Primeiro, passei cinco anos numa profissão que me era inadequada (a Polícia Imperial indiana, em Burma), e depois me vi na pobreza e com a sensação de fracasso. Isso aumentou minha aversão natural à autoridade e me levou, pela primeira vez, a ter plena consciência da existência das classes trabalhadoras, e o serviço em Burma me permitira entender em certa medida a natureza do imperialismo: mas essas experiências não bastaram para me fornecer uma orientação política clara. Então vieram Hitler, a Guerra Civil espanhola etc. No final de 1935, eu ainda não conseguira chegar a uma decisão clara. Lembro que escrevi um pequeno poema naquela época, expressando meu dilema:

> Feliz vigário teria sido eu
> Duzentos anos outrora,
> Pregando sobre o castigo eterno
> E vendo minhas nogueiras lá fora,

> Mas, ai, nascido em tempo cruel,
> Perdi aquele porto abençoado,
> Pois sobre o lábio cresceu-me o buço
> E o clero anda sempre escanhoado.

> E mesmo depois foram bons tempos,
> Tão fácil era nos contentarmos

E no regaço das árvores
Nossas preocupações embalarmos.

De tudo ignorantes, sentíamo-nos donos
Das alegrias que agora pomos a perder;
O verdilhão no galho da macieira
Colocava meus inimigos a tremer.

Mas damascos e barriguinhas,*
Leuciscos num riacho sombreado,
Cavalos, patos voando na aurora,
São todos sonhos do passado.

É proibido sonhar outra vez;
Ocultamos ou mutilamos a alegria:
Os cavalos são de aço cromado
E homenzinhos obesos na montaria.

Sou a larva que nunca mudou,
O eunuco sem harém;
Entre o padre e o comissário,
Caminho como Eugene Aram;**

---

* *Girls' bellies*: Mais adiante, Orwell comenta que, quando pequeno, "brincava de médico" com as meninas, "auscultando" a barriguinha delas. (N.T.)

** Eugene Aram: filólogo setecentista inglês, executado por matar o amante da esposa; aqui, Orwell provavelmente se baseia na descrição feita por Edward Bulwer-Lytton em seu romance *Eugene Aram*, apresentando-o como uma figura romântica dividida entre a violência e ideais elevados. (N.T.)

Enquanto toca o rádio,
O comissário está lendo minha sorte,
Mas o padre prometeu um Austin 7,
Pois essa Lotérica nunca dá calote.*

Sonhei-me em salões de mármore,
Acordei e era verdade, bem se vê;
Não nasci para tempos como estes;
E João? E José? E você?**

A guerra espanhola e outros acontecimentos em 1936-37 alteraram a balança e então vi qual era minha posição. Tudo o que venho escrevendo a sério desde 1936 tem sido, direta ou

---

* Duggie: uma casa de apostas londrina que, ao contrário de algumas outras, tinha fama de sempre pagar os ganhadores. Difícil deixar de sentir aí ecos de Pascal, vendo a fé em Deus como uma aposta em que, sendo acertada, garante o recebimento do prêmio. (N.T.)

** *A happy vicar I might have been/ Two hundred years ago/ To preach upon eternal doom/ And watch my walnuts grow;// But born, alas, in an evil time,/ I missed that pleasant haven,/ For the hair has grown on my upper lip/ And the clergy are all clean-shaven.// And later still the times were good,/ We were so easy to please,/ We rocked our troubled thoughts to sleep/ On the bosoms of the trees.// All ignorant we dared to own/ The joys we now dissemble;/ The greenfinch on the apple bough/ Could make my enemies tremble.// But girls' bellies and apricots,/ Roach in a shaded stream,/ Horses, ducks in flight at dawn,/ All these are a dream.// It is forbidden to dream again;/ We maim our joys or hide them:/ Horses are made of chromium steel/ And little fat men shall ride them.// I am the worm who never turned,/ The eunuch without a harem;/ Between the priest and the commissar/ I walk like Eugene Aram;// And the commissar is telling my fortune/ While the radio plays,/ But the priest has promised an Austin Seven,/ For Duggie always pays.// I dreamt I dwelt in marble halls,/ And woke to find it true;/ I wasn't born for an age like this;/ Was Smith? Was Jones? Were you?*

indiretamente, *contra* o totalitarismo e *pelo* socialismo democrático, tal como o entendo. Parece-me absurdo pensar, numa época como a nossa, que seja possível deixar de escrever sobre tais temas. Todos, de uma maneira ou de outra, escrevem sobre eles. É apenas uma questão do lado que tomamos e da abordagem que adotamos. E quanto maior a clareza sobre nossa tendência política, maior a chance de atuarmos politicamente sem sacrificar nossa integridade estética e intelectual.

Nesses últimos dez anos, o que eu mais quero é transformar a escrita política em arte. Meu ponto de partida sempre é um sentimento de partidarismo, um senso de injustiça. Quando começo a escrever um livro, não digo a mim mesmo: "Vou criar uma obra de arte". Escrevo porque há alguma mentira que quero desmascarar, algum fato para o qual quero chamar a atenção, e minha preocupação inicial é ter um público. Mas eu não conseguiria empreender a tarefa de escrever um livro ou mesmo um longo artigo de revista se isso não fosse também uma experiência estética. Qualquer pessoa que se der ao trabalho de examinar meus escritos verá que, mesmo quando são de explícita propaganda, eles contêm muitas coisas que um político em tempo integral consideraria supérfluas. Não consigo e nem quero abandonar totalmente a visão de mundo que adquiri na infância. Enquanto estiver vivo e com saúde, continuarei a ter apreço pelo estilo da prosa, a amar a superfície da terra e a gostar de objetos concretos e fragmentos de informações inúteis. Não adianta tentar eliminar esse meu lado. A questão é reconciliar meus gostos e desgostos solidamente arraigados com as atividades essencialmente públicas, não individuais, que essa época impõe a todos nós.

Não é fácil. A questão envolve problemas de construção e linguagem, e levanta o problema da veracidade de uma maneira nova. Vou dar apenas um exemplo do tipo mais básico de dificuldade que ela traz. Meu livro sobre a guerra civil espanhola, *Homenagem à Catalunha*, é um livro francamente político, claro, mas no geral é escrito com certo distanciamento e com atenção à forma. Esforcei-me muito em contar toda a verdade sem violentar meus instintos literários. Mas ele contém, entre outras coisas, um capítulo extenso, repleto de citações de jornal e coisas do gênero, defendendo os trotskistas que foram acusados de conluio com Franco. É evidente que um capítulo desses, que num ou dois anos perderia o interesse para qualquer leitor médio, ia prejudicar o livro. Levei uma bronca de um crítico a quem respeito. "Por que você incluiu toda essa coisarada?", perguntou ele. "Você transformou algo que podia ser um bom livro em jornalismo." O que ele disse era verdade, mas eu não podia fazer de outra maneira. Pois eu sabia – fato que pouquíssimas pessoas na Inglaterra tinham tido oportunidade de saber – que havia homens inocentes sofrendo acusações falsas. Se não estivesse furioso com isso, nunca teria escrito o livro.

Esse problema volta a surgir, sob uma ou outra forma. O problema da linguagem é mais sutil e seria muito longo discuti-lo. Digo apenas que, nos últimos anos, tenho procurado escrever de modo menos pinturesco e mais exato. De todo modo, creio que, quando aperfeiçoamos qualquer estilo de escrita, já o superamos. *A Fazenda dos Animais* foi o primeiro livro em que tentei, com plena consciência do que estava fazendo, fundir objetivo político e objetivo artístico numa mesma unidade. Faz sete anos que não escrevo um romance, mas espero escrevê-lo logo mais. Está fadado ao fracasso, todo livro é um fracasso, mas tenho certa clareza sobre o tipo de livro que quero escrever.

Revendo a última ou as duas últimas páginas, vejo que dei a impressão de que meus motivos para escrever vinham inteiramente imbuídos de espírito público. Não quero deixar essa impressão. Todos os escritores são vaidosos, egoístas e preguiçosos, e o que está na base de seus motivos é um mistério. Escrever um livro é uma luta medonha, exaustiva, como um longo acesso de uma doença dolorosa. A pessoa nunca deveria empreender uma coisa dessas se não for movida por um gênio interior impossível de entender e ao qual é impossível resistir. Até onde sabemos, esse gênio interior é simplesmente o mesmo instinto que faz um bebê chorar para ganhar atenção. E, no entanto, também é verdade que a pessoa não consegue escrever nada que preste a menos que se esforce constantemente em apagar sua personalidade. A boa prosa é como uma vidraça. Não sei com certeza qual de meus motivos é mais forte, mas sei quais deles merecem ser atendidos. E, olhando retrospectivamente minha obra, vejo que, em todas as vezes em que me faltou um objetivo *político*, escrevi livros sem vida e fui traiçoeiramente levado a passagens floreadas, frases sem sentido, adjetivos ornamentais e embustes de modo geral.

Confissões de um resenhista*

Num conjugado, sala e quarto ao mesmo tempo, frio, mas abafado, cheio de bitucas de cigarro e xícaras de chá pela metade, um homem com um roupão roído de traças está a uma mesa bamba, tentando abrir espaço para a máquina de escrever entre os montes de papéis empoeirados que cobrem a mesa. Não pode jogar os papéis fora porque o cesto de lixo já está transbordando e, além disso, pode ser que, entre as cartas não respondidas e as contas não pagas, haja um cheque de dois guinéus que ele tem bastante certeza que esqueceu de depositar no banco. Também há cartas com endereços que teria de anotar na agenda. Não sabe onde está a agenda e a ideia de procurá-la ou, na verdade, de procurar qualquer coisa lhe traz agudos impulsos suicidas.

Ele tem 35 anos, mas parece cinquenta. É careca, tem varizes e usa óculos, ou usaria, se não vivesse perdendo o único par de óculos que tem. Se anda tudo normal, ele estará com falta de comida, mas, se teve recentemente um lance de sorte, estará com ressaca. Agora são onze e meia da manhã e, segundo seu cronograma, deve ter começado a trabalhar duas horas antes; mas, mesmo que tivesse feito algum esforço sério para começar, teria sido impedido pelo toque quase incessante do telefone, pelos gritos do bebê, pela trepidação de uma furadeira elétrica na rua e pelas botinas pesadas dos credores subindo e descendo as escadas. A última interrupção foi a chegada do segundo correio, que lhe trouxe duas circulares e uma cobrança do imposto de renda impressa em vermelho.

---

* Publicado no jornal londrino *Tribune*, em 3 de maio de 1946.

Desnecessário dizer que é um escritor. Pode ser poeta, romancista, roteirista de cinema ou de rádio, pois todo o pessoal literário é muito parecido, mas digamos que ele é resenhista. Meio escondido entre o amontoado de papéis, há um pacote volumoso com cinco livros que o editor enviou, com um bilhete sugerindo que "formarão um bom conjunto". Chegaram quatro dias atrás, mas por 48 horas uma paralisia moral impediu que o resenhista abrisse o pacote. Ontem, num ímpeto de decisão, ele desamarrou o pacote e viu que os cinco livros eram *Palestina na encruzilhada, Exploração leiteira científica, Uma breve história da democracia europeia* (este com 680 páginas, pesando uns dois quilos), *Costumes tribais na África Oriental portuguesa* e um romance, *É melhor ficar deitado*, provavelmente incluído por engano. A resenha – oitocentas palavras, digamos – tem de "entrar" amanhã ao meio-dia.

Três desses livros abordam temas tão desconhecidos a ele que precisará ler pelo menos cinquenta páginas, para evitar algum erro crasso que o denunciará não só ao autor (que, claro, está plenamente a par dos hábitos dos resenhistas), mas também ao leitor médio. Lá pelas quatro da tarde, ele vai ter desembrulhado os livros, mas ainda estará sofrendo de uma incapacidade nervosa de abri-los. A perspectiva de precisar lê-los e mesmo o cheiro do papel o afligem como a perspectiva de comer arroz doce temperado com óleo de rícino. Mas o interessante é que seu texto vai chegar em tempo à redação. De alguma maneira, sempre chega lá em tempo. Mais ou menos às nove da noite, ele vai ter clareado um bom tanto a cabeça e vai ficar sentado até a madrugada num aposento cada vez mais frio, com a fumaça de cigarro cada vez mais densa, passando ágil e depressa de um livro para outro e pousando cada um na mesa com um comentário final: "Deus meu, quanta bobagem!". De manhã, com os olhos vermelhos de cansaço, de mau humor e a barba por fazer, vai ficar encarando durante uma ou duas horas uma folha de papel em branco, até que entra em ação assustado com o ponteiro do relógio, que aponta para ele feito um dedo ameaçador. Então segue em disparada. Todos os velhos chavões – "um livro que ninguém pode deixar de ler", "passagens memoráveis em cada página", "especialmente valiosos os capítulos sobre tal e tal" etc. etc. – pulam para seus devidos lugares como fios de arame obedecendo ao ímã, e a resenha vai ficar exatamente do tamanho certo, três minutos antes do prazo final. Enquanto isso, o correio vai ter trazido outro lote de livros insípidos e desparelhados. E assim prossegue. E com quantas belas esperanças essa criatura espezinhada e de nervos esfrangalhados iniciara sua carreira poucos anos antes!

Parece exagero meu? Pergunto a qualquer resenhista de ofício – a qualquer um que resenhe no mínimo, digamos, cem livros por ano – se pode negar honestamente que tem essas características e hábitos que descrevi. Todo escritor, de qualquer modo, é mais ou menos assim, mas a atividade prolongada e indiscriminada de resenhar livros é uma tarefa excepcionalmente ingrata, irritante e exaustiva. Consiste não só em elogiar porcarias – embora também consista nisso, como mostro logo a seguir –, mas em *inventar* constantemente reações a livros pelos quais ninguém sente nada de modo espontâneo. O resenhista, por calejado que seja, é um profissional com interesse pelos livros e, entre os milhares que aparecem a cada ano, há talvez uns cinquenta ou cem que teria gosto em comentar. Se ele é um bambambã na profissão, pode pegar uns dez ou vinte deles: o mais provável é que pegue dois ou três. O resto do trabalho, por mais consciencioso que o resenhista seja na hora de elogiar ou desancar, é basicamente enganação. Ele despeja seu espírito imortal pelo ralo, meio copo por vez.

A grande maioria das resenhas apresenta o livro de um modo enganoso ou inadequado. Desde a guerra, é cada vez mais raro que os editores consigam chacoalhar as colunas literárias dos jornais e revistas e conquistar hinos de louvor a cada livro que publicam, mas, por outro lado, o nível das resenhas baixou devido à falta de espaço e outras inconveniências. Diante dos resultados, há quem sugira a solução de tirar as resenhas de livros das mãos dos profissionais pagos para isso. Livros sobre temas especializados deveriam ser abordados por especialistas e, por outro lado, muitas resenhas, principalmente de romances, poderiam muito bem ficar a cargo de diletantes. Praticamente todo e qualquer livro é capaz de despertar reações apaixonadas, mesmo que sejam de apaixonado repúdio, num ou noutro leitor cujas ideias a respeito certamente valem mais do que as de um profissional entediado. Mas, infelizmente, como sabem todos os editores, é difícil organizar esse tipo de coisa. Na prática, o editor sempre acaba recorrendo à sua equipe de profissionais – seus "colaboradores regulares", como diz ele.

Não há solução para isso enquanto se considerar que todo livro merece ser resenhado. É quase impossível mencionar livros a rodo sem cair em elogios descabidos à grande maioria deles. Enquanto uma pessoa não tiver uma relação profissional com os livros, não vai perceber que a maioria deles é ruim. Em quase 99% dos casos, a única crítica objetivamente verdadeira seria "Esse livro não presta", mas a verdadeira reação do resenhista provavelmente seria "Não tenho o mínimo interesse por esse livro, e só vou escrever sobre ele se me pagarem para isso". Só que o público não vai pagar para ler esse tipo de coisa. Por que pagaria? O público quer algum tipo de guia e algum tipo de avaliação sobre os livros que são lançados. Mas, no instante em que se fala em mérito, os critérios de avaliação despencam. Pois, se se diz – e praticamente todos os resenhistas dizem esse tipo de coisa pelo menos uma vez por semana – que *Rei Lear* é uma boa peça de teatro e *Os quatro homens justos* de Edgar Wallace é uma boa novela de suspense, qual é o sentido da palavra "boa"?

Sempre achei que o melhor caminho seria simplesmente ignorar a grande maioria dos livros e publicar resenhas bem longas – mil palavras, no mínimo dos mínimos – sobre os poucos que parecem ter importância. As notinhas de uma ou duas linhas sobre futuros lançamentos podem ter valia, mas a habitual resenha de extensão média, com umas seiscentas palavras, será fatalmente inútil, mesmo que o resenhista queira de fato escrevê-la. Normalmente não quer, e a produção de textinhos, entra semana, sai semana, logo o reduz à figura alquebrada de roupão que descrevi no começo desse artigo. Mas todo mundo nessa terra pode se achar em vantagem em relação a outra pessoa, e, pela experiência que tenho nas duas áreas, posso dizer que o resenhista de livros está melhor do que o crítico de cinema, que nem pode trabalhar em casa, mas tem de ir assistir às sessões fechadas às onze da manhã e, salvo uma ou duas exceções notáveis, venderá sua honra por um copo de xerez ordinário.

Lembranças de uma livraria*

Quando trabalhei num sebo – tão facilmente pintado, quando não se trabalha lá, como uma espécie de paraíso onde encantadores cavalheiros de idade passam o tempo examinando enormes livros antigos, encadernados com couro de cabrito –, a coisa que mais me impressionava era a escassez de gente realmente livresca. Nossa livrariazinha tinha um estoque extremamente interessante, mas duvido que 10% dos clientes diferenciassem entre um livro bom e um livro ruim. Os esnobes interessados em primeiras edições eram muito mais frequentes do que os amantes de literatura, mas os estudantes orientais pechinchando manuais baratos eram ainda mais frequentes, e mulheres distraídas procurando algum presente de aniversário para os sobrinhos eram as mais frequentes de todas.

Muitos que vinham ao sebo eram daqueles que constituíam uma verdadeira amolação em qualquer outro lugar, mas encontram oportunidades especiais numa livraria. Por exemplo, a senhorinha de idade que "quer um livro para um inválido" (pedido muito comum, esse), e a outra senhorinha de idade que leu um livro muito bonito em 1897 e quer saber se a gente consegue um exemplar para ela. Infelizmente, não lembra o nome do livro, nem do autor, e nem mesmo do assunto, mas lembra que a capa era vermelha. Mas, tirando essas, há dois tipos de pragas bem conhecidas que infestam todas as livrarias

---

* Publicado na revista inglesa *Fortnightly Review*, em novembro de 1936.

de segunda mão. Um deles é o sujeito decaído, cheirando a pão velho, que vem todo santo dia e até várias vezes por dia, e tenta vender livros que não valem nada. O outro é o sujeito que encomenda uma quantidade enorme de livros que não tem a menor intenção de comprar. Em nosso sebo, não vendíamos nada fiado, mas reservávamos ou, quando necessário, encomendávamos livros que as pessoas viriam buscar mais tarde. Entre os que nos encomendavam livros, quase nem metade voltava a pisar na loja. Por que faziam isso? Entravam e encomendavam um livro raro e caro, faziam-nos prometer várias vezes que guardaríamos o livro para eles, depois desapareciam e nunca mais voltavam. Muitos desses, claro, eram paranoicos inconfundíveis. Falavam de si mesmos em termos grandiosos e contavam as histórias mais estapafúrdias para explicar como tinham ficado na rua sem um tostão – e tenho certeza de que, em muitos casos, eles próprios acreditavam nessas histórias. Numa cidade como Londres, sempre tem um monte de malucos não muito destrambelhados andando pelas ruas, e esses sujeitos costumam gravitar pelas livrarias, porque uma livraria é um dos poucos lugares onde dá para passar muito tempo sem gastar nada. Com o tempo, a gente passa a reconhecer esse pessoal à primeira vista. Apesar de toda a grandiloquência, eles têm um certo ar perdido e decadente. Muitas vezes, quando atendíamos a um visível paranoico, separávamos os livros que ele pedia e depois, quando ia embora, recolocávamos os livros nas prateleiras. Notei que nenhum deles jamais tentava levar um livro sem pagar; para eles, bastava encomendá-los – dava-lhes, imagino eu, a ilusão de que estavam gastando dinheiro de verdade.

Como a maioria dos sebos, tínhamos vários outros itens. Vendíamos máquinas de escrever usadas, por exemplo, e selos também – selos usados, quero dizer. Os colecionadores de selos são uma raça estranha, silenciosa, similar aos peixes, de todas as idades, mas sempre do sexo masculino; pelo visto, as mulheres não conseguem enxergar o singular fascínio de colar pedacinhos de papel colorido em álbuns. Também vendíamos horóscopos baratos, compilados por alguém que dizia ter previsto o terremoto japonês. Vinham em envelopes lacrados, e pessoalmente nunca abri nenhum, mas muitas vezes os compradores voltavam e nos contavam que seus horóscopos tinham se demonstrado "verdadeiros". (Claro que qualquer horóscopo parece "verdadeiro" se diz que a pessoa é extremamente atraente para o sexo oposto e seu maior defeito é a generosidade.) Negociávamos muito livros infantis, principalmente "pontas de estoque". Os livros infantis modernos costumam ser umas coisas horrorosas, principalmente vistos em conjunto. Eu, por mim, preferiria dar a uma criança um *Satíricon* de Petrônio em vez de um *Peter Pan*, mas mesmo J.M. Barrie parece salutar em comparação a alguns imitadores seus. Na época do Natal, passávamos dez dias febris lidando com calendários e cartões natalinos, coisas maçantes de vender, mas que são bom negócio nessa temporada. Eu achava interessante ver o cinismo brutal com que se explora o sentimento cristão. As empresas de cartões de Natal começavam a enviar propaganda junto com seus catálogos já desde julho. Uma frase de uma das listas de entrega ficou em minha memória. Era: "2 dz. Menino Jesus com coelhos".

Mas nossa principal atividade suplementar era uma biblioteca circulante, com empréstimo de livros a dois pence cada – a tradicional biblioteca "com pagamento na devolução", com uns quinhentos ou seiscentos volumes, todos de literatura. Como os ladrões de livros devem adorar essas bibliotecas! É o crime mais fácil do mundo pegar um livro emprestado num sebo por dois pence, retirar a etiqueta e vendê-lo a outro sebo por um xelim.

Apesar disso, os livreiros geralmente acham que mais vale ter o roubo de alguns livros (costumávamos perder cerca de uma dúzia por mês) do que afastar os clientes exigindo depósito. Nossa livraria ficava bem na divisa entre Hampstead e Camden Town, e era frequentada pelas pessoas mais variadas, de baronetes a motoristas de ônibus. Provavelmente os assinantes de nossa biblioteca eram bastante representativos do público leitor de Londres. Assim, vale a pena notar que o autor que tinha mais "saída" em nossa biblioteca era – Priestley? Hemingway? Walpole? Wodehouse? Não. Era Ethel M. Dell, com Warwick Deeping num bom segundo lugar e Jeffrey Farnol, diria eu, em terceiro. Só mulheres, claro, leem os romances de Dell, mas são mulheres de todos os tipos e idades, e não só, como se poderia pensar, solteironas sonhadoras e as esposas gorduchas de donos de tabacaria. Não é verdade que os homens não leem romances, mas é verdade que evitam setores literários inteiros. Grosso modo, o que se pode chamar de romance médio – aquela coisa comum, fraquinha, mas passável, um Galsworthy diluído, que é a norma do romance inglês – parece existir só para as mulheres. Os homens leem ou romances merecedores de respeito ou histórias de detetive. E é assombrosa a quantidade de histórias de detetive que consomem. Pelo que sei, um dos assinantes de nossa biblioteca passou mais de um ano lendo quatro ou cinco histórias de detetive por semana, além de outras que pegava em outra biblioteca. O que mais me surpreendia era que ele nunca lia duas vezes o mesmo livro. Pelo visto, toda aquela tremenda enxurrada de porcarias (calculei que as páginas que lia por ano dariam para cobrir uns três mil metros quadrados) ficava guardada para sempre em sua memória. Ele não prestava atenção no título nem no nome do autor, mas, numa rápida olhada nas páginas de um livro, sabia se "já li esse".

Numa biblioteca circulante, a gente vê os gostos de verdade, não os gostos fingidos das pessoas, e é impressionante constatar a que ponto os romancistas ingleses "clássicos" perderam totalmente as graças dos leitores. Simplesmente não adianta pôr Dickens, Thackeray, Jane Austen, Trollope etc. numa biblioteca circulante normal; ninguém retira. À mera vista de um romance oitocentista, as pessoas dizem "Ah, mas isso é velharia" e se afastam logo. No entanto, é sempre bem fácil vender Dickens, assim como é sempre fácil vender Shakespeare. Dickens é um daqueles autores que as pessoas "sempre pretendem" ler e, como a Bíblia, é amplamente conhecido por vias indiretas. As pessoas sabem por ouvir falar que Bill Sikes, de *Oliver Twist*, era um ladrão e que o sr. Micawber, de *David Copperfield*, era careca, assim como sabem por ouvir falar que Moisés foi encontrado num cesto de vime e viu o Senhor "pelas costas". Outra coisa muito perceptível é a crescente impopularidade dos livros americanos. E outra ainda – os editores ficam apavorados com isso a cada dois ou três anos – é a impopularidade dos contos. Aquelas pessoas que pedem ao bibliotecário que escolha um livro para elas quase sempre começam dizendo "Não quero contos" ou "Não desejo histórias pequenas", como dizia um cliente alemão nosso. Se a gente pergunta a razão, às vezes explicam que é muito cansativo ter de se acostumar com um novo grupo de personagens a cada conto; gostam de "entrar" num romance que, depois do primeiro capítulo, não exige mais pensar. Mas, quanto a isso, creio que a culpa é mais dos escritores do que dos leitores. Os contos modernos, tanto ingleses quanto americanos, são em sua maioria totalmente insípidos e imprestáveis, muito mais do que a maioria dos romances. Os contos que *contam* histórias são bastante populares: veja-se D.H. Lawrence, cujos contos são tão populares quanto seus romances.

Gostaria eu de seguir a profissão de livreiro? De modo geral – embora meu patrão fosse bom comigo e eu tenha passado alguns dias felizes na livraria –, não.

Com um bom discurso de venda e o volume certo de capital, qualquer pessoa instruída deve conseguir um ganha-pão razoável com uma livraria. A menos que seja o ramo de livros "raros", não é difícil aprender o ofício, e a pessoa, se tem alguma noção do conteúdo dos livros, já começa com uma grande vantagem. (A maioria dos vendedores de livros não tem. Dá para ter uma ideia do nível olhando os jornais do setor onde anunciam as obras de que precisam. Se não vemos um anúncio do *Declínio e queda* de Boswell, é bem capaz de vermos um *Moinho à beira do Floss* de T.S. Eliot.)* Também é um ofício que requer solicitude, que não é possível vulgarizar para além de certo ponto. Os grandes grupos nunca conseguirão acabar com o pequeno livreiro independente como acabaram com o verdureiro e com o leiteiro. Mas a jornada de trabalho é muito longa – eu trabalhava apenas meio período, mas meu patrão tinha uma jornada de setenta horas semanais, sem contar as constantes expedições fora de hora para comprar livros – e é uma vida insalubre. Como regra, numa livraria o frio é medonho durante o inverno porque, se ficar muito aquecida, as vitrines se embaçam, e um livreiro depende de suas vitrines. E livros juntam um pó danado, mais do que qualquer outra coisa inventada no mundo, e o alto de um livro é o lugar preferido de todas as varejeiras para morrer.

Mas a verdadeira razão pela qual eu não gostaria de passar a vida no comércio livreiro é que, enquanto trabalhei no ramo,

---

* A estocada de Orwell, comentando a ignorância dos livreiros, é que *Declínio e queda* [*do Império Romano*] é da autoria de Gibbons, não de Boswell, enquanto *O moinho à beira do Floss* é um livro da escritora George Eliot, não de T.S. Eliot. (N.T.)

perdi o amor pelos livros. Um livreiro precisa mentir sobre os livros e com isso passa a sentir aversão por eles; pior ainda é que passa o tempo todo desempoeirando e carregando livros de um lado para outro. Houve uma época em que eu realmente adorava livros – adorava a aparência, o cheiro, a textura deles, isto é, pelo menos quando tinham uns cinquenta anos ou mais. A coisa que mais me agradava era comprar um lote deles por um xelim num leilão do interior. Há um sabor todo especial nos livros inesperados que a gente encontra nesses lotes velhos e surrados: poetas menores do século XVIII, guias geográficos ultrapassados, volumes avulsos de romances esquecidos, coleções encadernadas de revistas femininas dos anos 1860. Para uma leitura descompromissada – no banho, por exemplo, ou tarde da noite, quando a gente se sente cansado demais para ir dormir, ou nos quinze minutinhos antes do almoço –, não há nada que se compare a um número antigo do *Girl's Own Paper*. Mas, logo que comecei a trabalhar na livraria, parei de comprar livros. Vistos em massa, cinco ou dez mil juntos, os livros davam tédio e até uma leve náusea. Hoje em dia, compro algum de vez em quando, mas só se for um livro que quero ler e não consigo pegar emprestado, e nunca compro velharia. O cheiro adocicado de papel velho já não me atrai. Em minha cabeça, ele está associado demais a clientes paranoicos e varejeiras mortas.

LIVROS X CIGARROS*

Uns dois anos atrás, um amigo meu, editor de jornal, estava na ronda de vigia a sinais de fogo com alguns operários. Começaram a falar do jornal dele, que a maioria lia e aprovava, mas, quando ele perguntou o que achavam da seção literária, recebeu a seguinte resposta: "Você não acha que a gente lê aquilo, né? Vocês passam metade do tempo falando de livros que custam doze xelins e seis pence! Gente feito nós não tem como gastar doze xelins e seis pence num livro". Eram homens, disse meu amigo, que não viam nada de mais em gastar várias libras para ir assistir a um jogo em Blackpool.

Essa ideia de que comprar ou sequer ler livros é um passatempo caro, inacessível ao indivíduo médio, é tão disseminada que merece um exame detalhado. É difícil estimar o custo da leitura, calculada em termos de pence por hora, mas tentei, fazendo um levantamento de meus livros e somando o preço total deles. Depois de incluir várias outras despesas, dá para arriscar um bom palpite sobre meus gastos nos últimos quinze anos.

Contei e pus preço nos livros que tenho aqui, em meu apartamento. Tenho uma quantidade parecida guardada em outro lugar, e assim peguei o número dos livros que estão aqui comigo e multipliquei por dois, para chegar à quantidade total. Não contei coisas avulsas como provas tipográficas, volumes desfigurados, edições em brochuras baratas, folhetos e revistas, a menos que estivessem encadernados em forma de livro.

---

* Publicado no jornal londrino *Tribune*, em 8 de fevereiro de 1946.

Tampouco contei aqueles livros que não prestam mais – livros escolares velhos e coisas assim – e ficam amontoados no fundo do armário. Só contei os livros que comprei ou compraria por livre e espontânea vontade e que pretendo guardar. Nessa categoria, descobri que tenho 442 livros, adquiridos das seguintes maneiras:

Por compra (geralmente de segunda mão) 251
De presente ou por compra com cupons 33
Exemplares de cortesia e para resenhas 143
Tomados de empréstimo e não devolvidos 10
Em empréstimo temporário 5
Total 442

Agora, quanto ao método de pôr preço. Os livros que comprei, registrei a preço cheio, até onde consegui determinar. Também registrei a preço cheio os livros que ganhei de presente e os que tomei emprestado por algum tempo ou que não devolvi. Isso porque dar livro, pegar livro emprestado e roubar livro mais ou menos se compensam. Tenho livros que, falando estritamente, não pertencem a mim, mas muitas outras pessoas também têm livros que são meus; assim, dá para considerar que os livros pelos quais não paguei nada são compensados por outros pelos quais paguei, mas não tenho mais. Por outro lado, listei os exemplares de cortesia e para resenhas pela metade do preço. É mais ou menos o que eu teria pagado por eles de segunda mão e, na maioria, são livros que eu só compraria mesmo de segunda mão, e olhe lá. Quanto aos preços, às vezes tive de arriscar um palpite, mas minhas cifras não ficam muito longe. Os custos foram os seguintes:

Libras / xelins / pence
Por compra 36 9 0
De presente 10 10 0
Exemplares para resenhas etc. 25 11 9
Tomados de empréstimo e não devolvidos 4 16 9
Em empréstimo temporário 3 10 0
Prateleiras 2 0 0
Total 82 17 6

    Somando o segundo lote de livros que estão em outro lugar, aparentemente tenho ao todo quase 900 livros, ao custo de 165 libras e 15 xelins. É o total acumulado de cerca de quinze anos – na verdade, mais, visto que alguns deles são da época de minha infância: mas digamos quinze anos. Isso dá 11 libras e 1 xelim por ano, mas há outros custos que precisam ser acrescentados para calcular o total de minhas despesas com a leitura. O custo mais alto é o dos jornais e periódicos, e creio que 8 libras por ano é um valor adequado. Oito libras por ano cobrem o custo de dois jornais diários e um jornal vespertino, dois jornais dominicais, uma revista semanal e uma ou duas revistas mensais. Isso eleva a cifra para 19 libras e 1 xelim, mas, para chegar ao total final, temos de arriscar um palpite. Claro que muitas vezes a gente gasta com livros e depois não sobra nada para mostrar. Há o pagamento de subscrição nas bibliotecas e há também aqueles livros, principalmente das edições Penguin e outras edições baratas, que a gente compra e depois perde ou joga fora. Mas, com base em meus outros números, parece que umas 6 libras por ano cobrem esse tipo de gasto. Assim, o total de minhas despesas com leitura nos últimos quinze anos está na faixa de 25 libras anuais.

    O gasto de 25 libras anuais parece bem grande até que a gente começa a comparar com outros tipos de gastos. Dá quase

9 xelins e 9 pence por semana, e hoje em dia 9 xelins e 9 pence equivalem a uns 83 cigarros (da marca Player): mesmo antes da guerra, não daria para comprar 200 cigarros. Tal como andam os preços agora, gasto muito mais com tabaco do que com livros. Fumo 6 onças por semana, a meia coroa a onça, dando quase 40 libras por ano. Mesmo antes da guerra, quando o mesmo tabaco custava 8 pence a onça, eu gastava com ele mais de 10 libras por ano; e se eu também tomasse a média de uma pinta de cerveja por dia, a 6 pence, esses dois itens somados me custariam 20 libras por ano. Isso não deve estar muito acima da média nacional. Em 1938, o povo desse país gastava com álcool e tabaco quase 10 libras anuais *per capita*: só que 20% da população eram crianças com menos de 15 anos e outros 40% eram mulheres, de modo que o fumante e bebedor médio devia estar gastando bem mais do que 10 libras. Em 1944, o gasto com esses itens era nada menos que 23 libras anuais *per capita*. Descontem-se, como antes, as mulheres e as crianças, e 40 libras é uma cifra individual plausível. Quarenta libras por ano dariam para pagar um maço de Woodbine por dia e meia pinta de cerveja fresca seis dias por semana – nada propriamente muito grandioso. Agora, claro, todos os preços subiram, inclusive o preço dos livros: mesmo assim, parece que o custo da leitura, mesmo que a gente adquira os livros em vez de pegá-los emprestado e compre uma quantidade bem grande de periódicos, não ultrapassa o custo somado do fumo e da bebida.

É difícil estabelecer uma relação entre o preço dos livros e o valor que extraímos deles. O termo "livros" inclui romances, poesias, livros didáticos, obras de referência, tratados sociológicos e muitas coisas mais, e não há correspondência entre tamanho e preço, principalmente se costumamos comprar livros usados. A gente pode pagar 10 xelins por um poema de 500 linhas e pode pagar 6 pence num dicionário, que vai consultar de vez em quando ao longo de vinte anos. Há livros que volta e meia a gente relê, livros que se tornam parte de nossa mobília mental e alteram toda a nossa atitude perante a vida, livros dos quais a gente lê uns trechos, mas nunca lê inteiro, livros que a gente lê de uma assentada e uma semana depois já esqueceu: e o custo, em termos monetários, pode ser o mesmo em todos esses casos. Mas, se vemos a leitura como simples entretenimento, como ir ao cinema, dá para fazer uma certa estimativa do custo.

Se a pessoa só lê romances e literatura "leve" e paga por todos os livros que lê, ela vai gastar – supondo que o preço de um livro é de 8 xelins, e que o tempo gasto na leitura é de quatro horas – 2 xelins por hora. É mais ou menos o que se paga por um dos lugares mais caros num cinema. Se a pessoa se concentra em livros mais sérios e, da mesma forma, compra tudo o que lê, as despesas vão ser parecidas. Os livros custam mais, mas tomam mais tempo de leitura. Tanto num caso quanto no outro, a pessoa ainda tem os livros depois de lê-los, e podem ser vendidos por cerca de um terço do preço de compra. Se a pessoa só compra livros usados, é claro que suas despesas de leitura serão bem menores: uma estimativa razoável é, talvez, de seis pence por hora. E, por outro lado, se a pessoa não compra livros e só pega emprestado na biblioteca paga, a leitura vai lhe custar cerca de meio pence por hora; se pegar emprestado na biblioteca pública, não vai custar praticamente nada.

O que falei basta para mostrar que a leitura é um dos entretenimentos mais baratos: depois do rádio, é provavelmente *o mais* barato. E quanto o público britânico realmente gasta em livros? Não encontrei números, embora certamente existam. Mas o que sei é que, antes da guerra, o país publicava cerca de 15 mil livros por ano, incluindo reedições e livros escolares. Se se vendessem 10 mil exemplares de cada livro – o que, mesmo incluindo os livros de escola, provavelmente é uma estimativa elevada –, o indivíduo médio estaria comprando, direta ou indiretamente, apenas uns três livros por ano. Esses três livros juntos sairiam por 1 libra ou até menos.

Essas cifras são hipotéticas, e muito me interessaria se alguém pudesse corrigi-las. Mas, se minha estimativa for razoavelmente aproximada, não é motivo de muito orgulho para um país quase 100% alfabetizado e onde o homem médio gasta com cigarros mais do que um camponês indiano tem como todo seu sustento. E se nosso consumo de livros continua baixo como sempre, pelo menos admitamos que é porque a leitura é um passatempo menos empolgante do que ir às corridas de cães, ao cinema ou ao bar, e não porque os livros, comprados ou tomados em empréstimo, são caros demais.

Lembranças de um guarda imperial

Abatendo um elefante*

Em Moulmein, na Baixa Birmânia, muita gente me odiava – única vez na vida que fui importante a ponto de me acontecer isso. Eu era da subdivisão policial da cidade, e o sentimento antieuropeu era, de uma maneira vaga e mesquinha, bastante marcado. Ninguém tinha peito para criar um motim, mas, se uma europeia passasse sozinha pelos bazares, provavelmente alguém cuspiria sumo de areca no vestido dela. Como policial, eu era alvo óbvio e recebia provocações sempre que as pessoas se sentiam em segurança para isso. Quando um birmanês ligeiro me fez tropeçar no campo de futebol e o juiz (outro birmanês) fez que não viu, a multidão explodiu numa gargalhada impiedosa. Isso aconteceu algumas vezes. O ar trocista dos rapazes onde quer que me vissem e os insultos que me gritavam quando eu estava a uma distância segura acabavam me dando nos nervos. Os piores de todos eram os jovens monges budistas. Havia milhares deles na cidade, e parecia que não tinham mais nada para fazer a não ser ficar nas esquinas zombando dos europeus.

Tudo aquilo era enervante e desconcertante. Pois, naquela época, eu já tinha concluído que o imperialismo era uma coisa ruim e que, quanto antes eu largasse o emprego e fosse embora, melhor seria. Em termos teóricos – e em segredo, claro –, eu estava totalmente a favor dos birmaneses e totalmente contra seus opressores, os britânicos. Quanto ao emprego, eu o detestava a

---

* Publicado no número 2 da revista britânica *New Writing*, no outono de 1936.

um grau que nem consigo expressar. Num serviço daqueles, a gente vê de perto as atrocidades do Império. Os coitados dos prisioneiros amontoados nas jaulas fedorentas das prisões, as faces cinzentas assustadas dos condenados a sentenças longas, as nádegas cheias de cicatrizes dos homens que tinham sido vergastados com varas de bambu – tudo isso me pesava com um sentimento de culpa insuportável. Mas eu não conseguia colocar nada em perspectiva. Era novo, pouco instruído e precisava lidar com meus problemas no absoluto silêncio que é imposto a todo inglês no Oriente. Nem sequer sabia que o Império Britânico está agonizando, e menos ainda que ele é muito melhor do que os impérios mais novos que vão suplantá-lo. A única coisa que eu sabia era que estava preso entre meu ódio ao império a que servia e minha raiva com aqueles pestinhas maldosos que infernizavam meu trabalho. De um lado, eu considerava o Raj britânico uma tirania inquebrantável, como imposto com mão de ferro, *per saecula saeculorum*, sobre a vontade dos povos subjugados; de outro lado, eu pensava que a maior alegria do mundo seria enfiar uma baioneta nas tripas de um monge budista. Sentimentos assim são os subprodutos normais do imperialismo; basta perguntar a qualquer funcionário anglo-indiano em suas horas de folga.

 Certo dia, aconteceu uma coisa que, por vias indiretas, foi esclarecedora. Foi, em si, um episódio miúdo, mas me permitiu enxergar melhor do que antes a verdadeira natureza do imperialismo – os verdadeiros motivos pelos quais agem os governos despóticos. Um dia de manhã cedo, o subinspetor de uma delegacia no outro lado da cidade me telefonou e disse que havia um elefante destruindo o bazar. Será que eu poderia ir até lá e tomar alguma providência? Eu não sabia que providência poderia tomar, mas queria ver o que estava acontecendo; assim, montei num pônei e fui. Peguei meu rifle, uma Winchester 44 velha e pequena demais para matar um elefante, mas achei que o barulho do disparo podia ajudar *in terrorem*. Vários birmaneses me pararam no caminho e me contaram o que o elefante estava fazendo. Não era, claro, um elefante selvagem e sim um elefante manso que tinha "enlouquecido". Fora acorrentado, como sempre acorrentam os elefantes mansos quando se aproxima seu surto de "loucura", mas, na noite anterior, ele tinha arrebentado a corrente e escapara. Seu *mahout*, a única pessoa que conseguia lidar com ele quando tinha esses acessos, saíra em seu encalço, mas tinha ido pela direção errada e estava a doze horas de distância, e agora de manhã o elefante reaparecera de repente na cidade. A população birmanesa não tinha armas e estava totalmente indefesa contra ele. O animal já destruíra a cabana de bambu de um morador, matara uma vaca, atacara algumas bancas de frutas e devorara todo o estoque; também tinha encontrado o furgão da coleta municipal de lixo e, quando o motorista saltou do veículo e deu no pé, ele emborcou o furgão e o atacou com violência.

    O subinspetor birmanês e alguns guardas indianos me aguardavam no bairro onde o elefante fora visto. Era um bairro muito pobre, um labirinto de cabanas miseráveis de bambu, cobertas com folhas de palmeira, na vertente íngreme de um morro. Lembro que era uma manhã nublada e abafada, no início da estação das chuvas. Começamos perguntando às pessoas qual a direção que o elefante tomara e, como sempre, não conseguimos nenhuma informação precisa. É sempre assim no Oriente; um caso sempre parece bastante claro visto de longe, mas, quanto mais a gente se aproxima da cena dos acontecimentos, mais vago fica o caso. Uns diziam que o elefante tinha ido para tal lado, outros diziam que tinha ido para tal outro lado, alguns diziam nem saber de elefante algum. Eu já quase chegara à conclusão de que a história toda era um amontoado de mentiras quando ouvimos uma gritaria ali perto. Era um grito alto e apavorado, "Fora, criançada! Fora, já!", e uma mulher de idade, com uma vara na mão, apareceu no canto de uma cabana, enxotando freneticamente uma multidão de crianças nuas. Vieram mais algumas mulheres, estalando a língua e soltando exclamações; obviamente, havia algo que as crianças não deviam ver. Contornei a cabana e vi o cadáver de um homem esparramado na lama. Era um indiano, um cule dravidiano negro, quase nu, e devia ter morrido não muitos minutos antes. As pessoas disseram que o elefante tinha rodeado a cabana e avançara de repente para cima do homem, então o pegara com a tromba, pusera a pata nas costas dele e o esmagara no chão. Era a estação das chuvas e a terra estava mole; o rosto dele tinha cavado um sulco de 30 centímetros de fundura e uns dois metros de comprimento. Estava de bruços, os braços abertos em cruz, a cabeça totalmente torcida de lado. O rosto estava coberto de lama, os olhos escancarados, os dentes à mostra, a boca arreganhada numa expressão de agonia insuportável. (Aliás, nunca me digam que os mortos aparentam paz. Os cadáveres que vi, na maioria, pareciam uns possuídos.) O atrito da pata do elefante removera a pele das costas do homem, com a precisão com que se esfola um coelho. Logo que vi o morto, mandei um ajudante à casa de um amigo, ali perto, para pegar emprestado um rifle próprio para elefantes. Já dispensara o pônei, pois não queria que ele enlouquecesse de medo e me atirasse da sela caso sentisse o cheiro do elefante.

O ajudante voltou dali a uns minutos com um rifle e cinco cartuchos; nesse meio-tempo, tinham chegado alguns birmaneses, que nos disseram que o elefante estava nos arrozais da baixada, a poucas centenas de metros dali. Quando me pus a caminho, praticamente toda a população do bairro saiu de casa e veio atrás de mim. Tinham visto o rifle e todos gritavam na maior empolgação que eu ia matar o elefante. Não tinham demonstrado muito interesse pelo elefante quando ele estava meramente destruindo suas casas, mas agora era diferente, pois ia ser abatido. Para eles era um pouco de diversão, como seria para uma multidão inglesa; além disso, queriam a carne. Isso me causou um vago incômodo. Eu não tinha a menor intenção de matar o elefante – mandara buscar o rifle para me defender, caso necessário –, e é sempre exasperante ter uma multidão seguindo em nossos calcanhares. Desci o morro, parecendo e me sentindo um tolo, com o rifle ao ombro e um exército crescente de gente se amontoando logo atrás. No pé do morro, deixando as cabanas, havia uma estrada pavimentada e, do outro lado, uma extensa baixada de arrozais por cerca de um quilômetro, ainda não plantados, mas encharcados com as primeiras chuvas e com mato espalhado. O elefante estava a oito metros da estrada, com o lado esquerdo virado para nós. Não deu a menor atenção à multidão que se aproximava. Estava arrancando tufos de capim, batendo-os nos joelhos para limpá-los e enfiando-os na boca.

    Eu tinha parado na estrada. Logo que vi o elefante, tive plena certeza de que não devia atirar nele. Matar um elefante de trabalho é uma questão séria – comparável a destruir uma máquina enorme e muito cara – e é óbvio que, se for possível evitar, não é coisa que se faça. E, visto àquela distância, comendo pacificamente, o elefante parecia tão perigoso quanto uma vaca. No momento pensei, e continuo a pensar, que o surto de "loucura" já estava passando; nesse caso, ele ficaria vagueando inofensivo até que o *mahout* aparecesse e o pegasse. Além disso, eu não tinha a mínima vontade de atirar nele. Resolvi que o observaria por algum tempo, para ter certeza de que não se enfureceria outra vez, e iria para casa.

Mas, naquele momento, corri os olhos pela multidão que me seguira. Era uma multidão imensa, pelo menos umas duas mil pessoas, e não parava de aumentar a cada minuto. Aquele povaréu bloqueava a estrada por uma longa distância, nas duas direções. Olhei para aquele mar de rostos amarelos por cima das roupas de cores vivas – todos com ar feliz e empolgados com aquele divertimento, todos na certeza de que o elefante ia ser abatido. Observavam-me como observariam um feiticeiro prestes a fazer uma mágica. Não gostavam de mim, mas, com o rifle mágico nas mãos, eu era momentaneamente um espetáculo ao qual valia a pena assistir. E de repente percebi que, afinal, teria de atirar no elefante. Era o que esperavam de mim e eu tinha de fazê-lo; sentia aquelas duas mil vontades me impelindo com uma força irresistível. E foi nesse momento, parado ali com o rifle nas mãos, que percebi pela primeira vez a vacuidade, a futilidade do domínio do homem branco no Oriente. Ali estava eu, o homem branco com sua arma, na frente da multidão nativa desarmada – parecendo o ator principal da peça; mas, na verdade, eu era apenas uma marionete absurda movida de um lado e outro pela vontade daqueles rostos amarelos atrás de mim. Percebi nesse instante que, quando o homem branco se torna tirano, é sua própria liberdade que ele destrói. Torna-se uma espécie de boneco oco, a figura convencionalizada de um *sahib*. Pois a condição de seu domínio é passar a vida tentando causar impressão nos "nativos", e assim, em toda crise, ele precisa fazer o que os "nativos" esperam que faça. Usa uma máscara, e seu rosto acaba se encaixando nela. Eu tinha de atirar no elefante. Comprometera-me a isso no momento em que mandei buscarem o rifle. Um *sahib* precisa agir como *sahib*; precisa ter um ar decidido, saber o que pensa e fazer coisas definidas. Percorrer toda aquela distância de rifle na mão, com duas mil pessoas atrás de mim, e então me afastar mansamente, sem ter feito nada – não, isso era impossível. A multidão riria de mim. E minha vida inteira, a vida de todos os homens brancos no Oriente, era uma longa e exclusiva luta para não ser motivo de chacota.

Mas eu não queria abater o elefante. Observava-o batendo o tufo de capim nos joelhos, com aquele ar de avó preocupada que os elefantes têm. Sentia que o abate seria um assassinato. Naquela idade, eu não tinha melindres quanto a matar animais, mas nunca quis atirar e nunca atirara num elefante. (De certa forma, sempre parece pior matar um animal grande.) Além disso, havia de se considerar o dono do animal. Vivo, o elefante valia pelo menos cem libras; morto, apenas as presas valiam alguma coisa, umas cinco libras, talvez. Mas eu precisava agir depressa. Virei-me para alguns birmaneses de ar experiente, que estavam ali quando chegamos, e perguntei como o elefante estava se comportando. Todos disseram a mesma coisa: ele não daria atenção a ninguém se o deixassem em paz, mas poderia atacar se a pessoa chegasse perto demais.

Tive absoluta clareza do que devia fazer. Devia me aproximar, digamos, a 25 metros do elefante e ver seu comportamento. Se ele atacasse, eu atiraria; se não me desse atenção, não haveria problema em deixá-lo até o *mahout* voltar. Mas eu também sabia que não ia proceder assim. Não era bom no rifle e o solo era um lamaçal em que a gente se afundava a cada passo. Se o elefante atacasse e eu errasse o tiro, eu teria tanta chance quanto um sapo debaixo de um rolo compressor. Mas, mesmo assim, eu não estava pensando muito em minha própria pele, e sim nos rostos amarelos atentos atrás de mim. Pois, naquele momento, com a multidão me observando, eu não sentia medo na acepção comum, como sentiria se estivesse sozinho. Um homem branco não pode mostrar medo na frente dos "nativos" e assim, de modo geral, ele não sente medo. A única coisa que me passava pela cabeça era que, se algo desse errado, aqueles dois mil birmaneses assistiriam enquanto eu era perseguido, apanhado, pisoteado e reduzido a um cadáver de cara arreganhada, como aquele indiano no morro. E, se isso acontecesse, era mais do que provável que alguns dessem risada. Isso jamais.

Não havia alternativa. Coloquei os cartuchos na arma e me estendi na estrada para mirar melhor o alvo. A multidão ficou imóvel, e de inúmeras gargantas saiu um suspiro baixo, profundo, satisfeito, como quando as pessoas finalmente veem subir a cortina do teatro. Afinal iam ter sua diversão. O rifle era uma bela peça alemã com mira ótica. Na época, eu não sabia que, para atirar num elefante, devia-se mirar numa linha imaginária que vai de um ouvido ao outro. Ou seja, como o elefante continuava de lado, eu devia ter mirado diretamente o ouvido, mas mirei vários centímetros mais adiante, pensando que o cérebro ficava mais à frente.

Quando disparei a arma, não ouvi o estampido nem senti o tranco – nunca ouvimos nem sentimos quando acertamos o alvo –, mas ouvi o clamor ensandecido de alegria que subiu da multidão. Naquele instante, uma fração de segundo que parecia curta demais até mesmo para a bala chegar até lá, ocorrera ao elefante uma mudança enorme, terrível e misteriosa. Não se moveu nem caiu, mas todas as linhas do corpo tinham se alterado. Agora parecia atingido, encolhido, imensamente velho, como se o tremendo impacto do tiro o tivesse paralisado sem o derrubar. Por fim, depois de um tempo que pareceu bastante longo – teriam sido uns cinco segundos, creio eu –, ele se afrouxou e ficou de joelhos. Babava pela boca. Uma imensa senilidade parecia ter se abatido sobre ele. Daria para imaginar que tinha milhares de anos de idade. Disparei novamente no mesmo lugar. No segundo tiro, ele não caiu, mas se apoiou nas patas com uma desesperada lentidão e se reergueu fraco e oscilante, as pernas bamboleando e a cabeça descaída. Disparei pela terceira vez. Foi esse tiro que o derrubou. Dava para ver a agonia sacudindo todo o corpo e retirando de suas pernas os últimos resquícios de força. Mas, enquanto caía, ele pareceu se levantar por um instante, pois, quando as pernas traseiras cederam sob o corpo, pareceu se erguer como uma enorme rocha que tombava, a tromba se estendendo ao céu como uma árvore. Só então soltou um barrido, e foi o único. E então sucumbiu, com a barriga voltada para mim, num impacto que pareceu abalar o solo até o ponto onde eu estava estendido.

Levantei-me. Os birmaneses já passavam correndo por mim, no meio da lama. Era evidente que o elefante não se levantaria mais, mas não morrera. Respirava de modo rítmico, em arquejos longos e ruidosos, o enorme flanco subindo e descendo com muito esforço. Estava com a boca escancarada – eu podia ver as profundezas cavernosas da garganta rosa-claro. Fiquei esperando por longo tempo que morresse, mas a respiração não enfraquecia. Por fim, disparei meus dois últimos cartuchos no local onde achava que ficava o coração. O sangue denso jorrou como um veludo vermelho, mas ainda assim ele continuava vivo. O corpo nem estremeceu aos tiros, e a respiração torturada prosseguiu ininterrupta. Estava morrendo, muito devagar, em grande agonia, mas num mundo distante de mim, onde nem mesmo uma bala conseguiria feri-lo ainda mais. Senti que precisava pôr fim àquele arquejar pavoroso. Era pavoroso ver o grande animal jazendo ali, incapaz de se mover e incapaz de morrer, e eu nem mesmo podia acabar com sua agonia. Pedi meu rifle pequeno e disparei tiros e mais tiros no coração e pela garganta dele. Pareciam não fazer qualquer diferença. A respiração arfante e torturada prosseguia constante como o tique-taque de um relógio.

No fim, não aguentei mais e fui embora. Depois soube que ele levou meia hora para morrer. Mesmo antes que eu saísse dali, os birmaneses já traziam cestos às pressas, e me disseram que à tarde haviam restado praticamente apenas os ossos.

Depois disso, claro, seguiram-se discussões intermináveis sobre o abate do elefante. O dono ficou furioso, mas era apenas um indiano e não podia fazer nada. Além disso, em termos da lei, eu tinha agido corretamente, pois um elefante louco, se o dono não consegue controlá-lo, precisa ser abatido, tal como se abatem os cachorros loucos. Entre os europeus, a opinião ficou dividida. Os mais velhos diziam que eu estava certo, os mais jovens diziam que era uma enorme pena abater um elefante por ter matado um cule, pois um elefante valia mais do que qualquer cule desgraçado do sul da Índia. E depois fiquei muito contente que o cule tivesse sido morto, pois foi o que me deu o direito legal e pretexto suficiente para abater o elefante. Perguntei-me muitas vezes se alguém tinha percebido que eu só agira daquela maneira para não fazer papel de tolo.

Um enforcamento*

Foi na Birmânia, numa manhã úmida e abafada da estação das chuvas. Uma luz mortiça, como uma folha de alumínio amarelado, batia de atravessado nos altos muros da prisão e incidia no pátio. Esperávamos no lado de fora das celas dos condenados, uma sucessão de cubículos com grades duplas na frente, como pequenas jaulas de animais. Cada cela tinha cerca de 3 x 3m, totalmente nua, a não ser por uma cama de tábuas e uma jarra de água potável. Em algumas, havia homens de pele morena acocorados em silêncio junto às grades internas, embrulhados em mantos. Eram os condenados, que seriam enforcados dentro de uma ou duas semanas.

Haviam retirado um prisioneiro da cela. Era um hinduísta, minúsculo e franzino, com cabeça raspada e olhos líquidos e vagos. Tinha um bigode denso e arrepiado, absurdamente desproporcional ao corpo, mais parecendo o bigode de um comediante de cinema. Guardavam-no seis carcereiros indianos taludos que o preparavam para o cadafalso. Dois se postavam de lado com rifle e baioneta calada, enquanto os outros o algemavam, passavam uma corrente pelas algemas e a prendiam em seus cintos, e amarravam com firmeza os braços do prisioneiro junto ao corpo. Ficavam bem junto dele, com as mãos sempre o segurando com cuidado e delicadeza, como se o apalpassem o tempo todo para se certificar de que ele estava ali. Era como

---

* Publicado no periódico literário britânico *The Adelphi*, em agosto de 1931.

se lidassem com um peixe ainda vivo, capaz de pular de volta para a água. Mas o homem não oferecia qualquer resistência, entregando vagarosamente os braços às cordas, como se mal percebesse o que se passava.

Bateram as oito horas e do quartel distante veio um toque de corneta, desoladamente esgarçado no ar úmido. O superintendente da prisão, que estava apartado de nós, cutucando taciturno o cascalho com seu bastão, ergueu a cabeça ao ouvir o som. Era médico do exército, com bigode grisalho hirsuto e voz áspera.

– Pelo amor de Deus, Francis, vamos logo – disse em tom irritadiço. – O homem já devia estar morto a essa hora. Ainda não está pronto?

Francis, o carcereiro-chefe, um dravidiano gordo com uniforme de sarja branca e óculos de armação dourada, acenou a mão negra.

– Sim, senhor; sim, senhor – respondeu depressa. – Ishtá tudo satisfatoriamente preparado. O carrasco ishtá esperando. Podemos seguir.

– Bem, então, marcha acelerada. Os prisioneiros não podem receber o desjejum enquanto a tarefa não for concluída.

Saímos e seguimos para o cadafalso. Dois carcereiros marchavam com o prisioneiro, cada um de um lado, a ponta do rifle apoiada no ombro; outros dois marchavam encostados contra ele, segurando-o pelo braço e pelo ombro, como se o empurrassem e o sustentassem ao mesmo tempo. Os demais, magistrados e congêneres, seguíamos atrás. Quando tínhamos andado dez metros, o cortejo parou de repente, sem qualquer ordem ou aviso. Acontecera uma coisa terrível – tinha aparecido no pátio um cachorro, vindo sabe-se lá de onde. Veio aos saltos até nós, latindo alto, e ficou pulando em torno de nós, agitando-se de corpo inteiro, louco de alegria por encontrar tantos seres humanos juntos. Era um cachorrão felpudo, meio Airedale, meio vira-lata. Caracoleou um pouco à nossa volta e então foi correndo para cima do prisioneiro, tentando lhe lamber o rosto, antes que alguém conseguisse detê-lo. Todos se espantaram, surpresos demais até para pegar o cachorro.

– Quem deixou esse bicho danado entrar aqui? – disse o superintendente zangado. – Alguém pegue ele!

Um carcereiro, deixando a escolta, correu desajeitado atrás do cachorro, mas o animal escapava dançando e cabriolando, tomando tudo aquilo como parte da brincadeira. Um jovem eurasiano, guarda da prisão, pegou um punhado de cascalho e jogou no cachorro, tentando afastá-lo, mas ele se esquivou das pedras e veio mais uma vez até nós. Os ladridos agudos faziam lembrar os gemidos da prisão. O prisioneiro, sob o controle dos dois carcereiros, olhava a cena desinteressado, como se fosse mais uma formalidade da execução. Passaram-se vários minutos até que alguém conseguisse pegar o cachorro. Então passamos meu lenço pela coleira dele e o afastamos mais uma vez, ainda resistindo e ganindo.

Eram cerca de quarenta metros até o cadafalso. Fiquei observando as costas morenas e nuas do prisioneiro que marchava à minha frente. Ele andava um pouco desajeitado por causa dos braços amarrados, mas de maneira firme, com aquele passo ondulante dos indianos que nunca ficam com os joelhos retos. A cada passo, os músculos voltavam suavemente ao lugar, o cacho de cabelo no crânio raspado subia e descia, as pegadas se imprimiam no cascalho úmido. E em dado momento, apesar dos homens que o seguravam pelos ombros, desviou-se levemente para o lado, para evitar uma poça no chão.

É curioso, mas, até aquele momento, eu nunca me dera conta do que significa destruir um homem saudável e consciente.

Quando vi o prisioneiro se desviando para evitar a poça, percebi o mistério, o erro indizível de cortar uma vida em sua plenitude. Aquele homem não era um moribundo, estava tão vivo quanto nós. Todos os órgãos do corpo estavam funcionando – os intestinos digerindo a comida, a pele se renovando sozinha, as unhas crescendo, os tecidos se formando –, todos funcionando na mais solene inconsciência. As unhas ainda estariam crescendo quando ele estivesse na corda, quando estivesse caindo pelo ar, restando-lhe de vida não mais do que uma fração de segundo. Seus olhos viam o cascalho amarelo e os muros cinzentos, seu cérebro ainda lembrava, antevia, raciocinava – raciocinava mesmo sobre as poças. Éramos, ele e nós, um grupo de homens andando juntos, vendo, ouvindo, sentindo, percebendo o mesmo mundo; dali a dois minutos, de um único estalo, um de nós partiria – uma mente a menos, um mundo a menos.

O cadafalso ficava num pequeno pátio, separado da área principal da prisão, tomado por matos altos e espinhosos. Era uma construção de tijolos como os três lados de um telheiro, revestida de tábuas, e tinha por cima duas vigas com uma travessa de onde pendia a corda. O carrasco, um condenado grisalho que usava o uniforme branco da prisão, aguardava ao lado de seu equipamento. Saudou-nos com uma vênia servil ao entrarmos. A uma palavra de Francis, os dois carcereiros, segurando o prisioneiro mais perto do que nunca, foram em parte conduzindo, em parte empurrando o homem para o cadafalso e o ajudaram a subir desajeitadamente a escada. Então o carrasco subiu no estrado e pôs a corda em volta do pescoço do prisioneiro.

Ficamos esperando, a cinco metros de distância. Os carcereiros haviam formado um círculo em volta do cadafalso. E então, pronto o nó, o prisioneiro começou a clamar à sua divindade. Era um lamento alto, reiterado, "Ram! Ram! Ram! Ram!", sem a urgência nem o medo que há numa oração ou num pedido de socorro, mas com o ritmo e a constância como no dobre de um sino. O cachorro respondeu ao som com um ganido. O carrasco, ainda no patíbulo, pegou um pequeno saco de algodão, que parecia um saco de farinha, e enfiou pela cabeça do prisioneiro, cobrindo-lhe o rosto. Mas o som, abafado pelo pano, ainda prosseguia sem cessar: "Ram! Ram! Ram! Ram! Ram!".

O carrasco desceu do estrado e se pôs pronto, com a mão na alavanca. O tempo passava, pareciam minutos a fio. O lamento contínuo e abafado do prisioneiro continuava, "Ram! Ram! Ram!", sem cessar um instante sequer. O superintendente, a cabeça inclinada sobre o peito, remexia devagar o solo com seu bastão; talvez contasse os lamentos, concedendo um número determinado ao prisioneiro – cinquenta, talvez, ou cem. A fisionomia de todos mudara de cor. Os indianos tinham se acinzentado como café ruim, e uma ou duas baionetas oscilavam. Olhávamos o homem amarrado e encapuzado sobre o alçapão e ouvíamos seus lamentos – cada lamento, mais um segundo de vida; todos pensávamos a mesma coisa: oh, mate-o depressa, acabe logo com isso, pare com esse som abominável!

De repente o superintendente se decidiu. Erguendo a cabeça, fez um movimento rápido com o bastão. "*Chalo!*", gritou quase feroz.

Veio um estalido, e então um silêncio mortal. O prisioneiro desaparecera e a corda girava sobre si mesma. Soltei o cachorro, e ele correu imediatamente para a parte de trás do patíbulo; mas, chegando lá, parou de súbito, latiu e se retirou para um canto do pátio, no meio do mato, olhando-nos amedrontado. Contornamos o patíbulo para inspecionar o corpo do prisioneiro. Pendia com os dedos dos pés a prumo, girando muito devagar, sem vida.

O superintendente estendeu o bastão e cutucou o corpo nu, que oscilou levemente.

– Tudo em ordem – disse ele.

Andando de ré, saiu de sob o cadafalso e soltou um grande hausto de ar. Seu ar taciturno sumira rapidamente. Deu uma olhada no relógio de pulso.

– Oito horas e oito minutos. Bom, por essa manhã é só, graças a Deus.

Os carcereiros desarmaram as baionetas e saíram em marcha. O cachorro, recobrando-se e percebendo que não se comportara direito, pôs-se atrás deles. Saímos do pátio de execuções, passamos pelas celas dos condenados aguardando sua vez e entramos no grande pátio central da prisão. Os presos, sob o comando de carcereiros armados com longas varas de bambu, já recebiam a refeição matinal. Estavam acocorados em longas filas, cada qual segurando uma cumbuca de lata, enquanto dois carcereiros iam passando com as vasilhas e conchas com que serviam o arroz; depois do enforcamento, a cena parecia muito alegre e familiar. Agora que a tarefa terminara, sentíamos um enorme alívio. Dava vontade de cantar, de correr, de rir. Começamos a conversar alegremente, todos ao mesmo tempo.

O rapaz eurasiano, andando a meu lado, com um gesto de cabeça indicou o caminho por onde viéramos, com um sorriso cúmplice:

– Sabe, senhor, nosso amigo – disse referindo-se ao enforcado –, quando soube que seu recurso fora negado, urinou no chão da cela. De medo.

E prosseguiu:

— Por favor, aceite um cigarro meu, senhor. Não lhe parece bonita minha nova cigarreira de prata? Comprei do mascate, duas rúpias e oito anás. Estilo europeu de muita classe.

Vários riram — de quê, ninguém sabia bem.

Francis andava ao lado do superintendente, falando animadamente:

— Bom, senhor, tudo transcorreu com a máxima satisfatoriedade. Tudo encerrado: zupt!, assim. Nem sempre é assim, *ach*, não! Sei de casos em que o médico teve de descer por baixo da forca e puxar as pernas do prisioneiro para conferir a morte. Muito desagradável!

— Retorcendo-se, hein? Isso é ruim — disse o superintendente.

— *Ach*, senhor, é pior quando ficam refratários. Lembro que um homem se agarrou nas grades da jaula quando fomos pegá-lo. O senhor mal vai acreditar que precisou de seis carcereiros para arrancá-lo dali, três puxando cada perna. Conversamos com ele. "Meu caro", dissemos, "pense em todo o trabalho e incômodo que ishtá nos causando!". Mas não, ele não queria nem saber! Ach, ele foi muito difícil!

Peguei-me rindo às gargalhadas. Todo mundo estava rindo. Até o superintendente sorriu com ar tolerante.

— Vamos todos sair e tomar uma dose — disse cordialmente. — Tenho uma garrafa de uísque no carro. Cairá bem.

Saímos pelos portões duplos da prisão e chegamos à estrada.

— Puxando as pernas dele! — exclamou de repente um magistrado birmanês, e explodiu numa sonora risada.

Todos nós voltamos a rir. Naquele momento, a anedota de Francis parecia extremamente engraçada. Todos bebemos juntos, nativos e europeus, muito amistosamente. O morto estava a cem metros de distância.

Marrakech*

À passagem do cadáver, as moscas deixaram a mesa do restaurante e voaram em nuvem atrás dele, mas voltaram poucos minutos depois.

O pequeno grupo de enlutados – todos homens e meninos, nenhuma mulher – seguia em zigue-zague no mercado a céu aberto, entre as pilhas de romãs, os táxis e os camelos, entoando incessantemente uma breve loa. O que de fato atrai as moscas é que aqui nunca põem os cadáveres em caixões, apenas envolvendo-os num pano e transportando-os num estrado rústico de madeira que quatro amigos carregam nos ombros. Quando os amigos chegam ao local de sepultamento, abrem uma cova oblonga com um ou dois pés de profundidade, descarregam o corpo ali e espalham por cima um pouco de terra ressequida e empelotada, que parece tijolo quebrado. Nada de lápide, de nome, de qualquer espécie de identificação. O local de sepultamento é apenas uma enorme área de arenito sedimentado, como um terreno abandonado. Depois de um ou dois meses, ninguém sequer sabe com certeza onde seus parentes estão enterrados.

Quando a gente anda numa cidade como essa – duzentos mil habitantes, pelo menos vinte mil deles sem nada a não ser os trapos que cobrem o corpo –, quando a gente vê como as pessoas vivem e, ainda mais, a facilidade com que morrem, sempre é difícil acreditar que estamos entre seres humanos. Todos os

---

* Publicado no periódico britânico *New Writing*, na edição de Natal de 1939.

impérios coloniais, na verdade, se fundam sobre esse fato. As pessoas têm pele escura, e são tantas! Serão da mesma carne que somos? E terão nome? Ou são apenas uma matéria castanha indiferenciada, com tanta identidade quanto as abelhas ou os pólipos de coral? Brotam da terra, suam e passam fome por alguns anos, então se afundam de volta nos montículos de terra anônimos do cemitério e ninguém percebe que se foram. E mesmo os túmulos logo desaparecem sob o solo. Às vezes, passeando por entre as figueiras-da-índia, a gente sente saliências debaixo dos pés, e apenas a relativa regularidade dessas saliências nos revela que estamos caminhando em cima de esqueletos.

Eu estava alimentando uma das gazelas no jardim público.

As gazelas são praticamente os únicos animais que parecem apetitosos quando ainda estão vivos; na verdade, é difícil olhar o lombo traseiro delas sem pensar num molho de hortelã. A gazela que eu estava alimentando parecia ler esse meu pensamento, pois, embora pegasse o pedaço de pão que eu lhe estendia, era evidente que não gostava de mim. Abocanhava depressa o pão, então abaixava a cabeça e tentava me marrar; então pegava outro naco e investia de novo. Decerto imaginava que, se conseguisse me afastar, o pão continuaria de alguma forma suspenso no ar.

Um peão árabe que estava trabalhando na trilha ali perto pousou o enxadão pesado e veio devagar em nossa direção. Seus olhos passavam um tanto assombrados da gazela para o pão e do pão para a gazela, como se nunca tivesse visto nada parecido. Por fim, falou timidamente em francês:

– Bem que eu comeria um pouco desse pão.

Parti um pedaço que ele, agradecido, guardou em algum esconderijo sob os andrajos. Esse homem é funcionário do município.

Percorrendo o bairro judeu, a gente tem uma certa ideia de como deviam ser os guetos medievais. Sob os dirigentes mouros, os judeus só podiam ter algum terreno em determinadas áreas restritas; depois de séculos recebendo esse tipo de tratamento, deixaram de se incomodar com a excessiva aglomeração. Muitas ruas são bem mais estreitas do que a largura padrão de 1,80m, as casas não têm janelas e por todos os cantos se amontoam quantidades inacreditáveis de crianças com infecção nos olhos, que mais parecem nuvens de moscas. No meio da rua geralmente corre um riacho de urina.

No mercado, famílias enormes de judeus, todos de manto comprido preto e quipá preto, trabalham em cubículos escuros infestados de moscas, que parecem grutas. Um carpinteiro, sentado de pernas cruzadas junto a um torno pré-histórico, torneia pernas de cadeiras à velocidade da luz. Ele opera o torno com um arco na mão direita e guia o cinzel com o pé esquerdo; devido a uma vida inteira sentado nessa posição, a perna esquerda é arqueada e deformada. O neto de seis anos, a seu lado, já se inicia nas partes mais simples da tarefa.

Eu acabava de passar pelas lojinhas dos funileiros quando alguém me viu acendendo um cigarro. No mesmo instante, por toda a volta houve uma correria frenética de judeus saindo dos cubículos escuros, muitos deles bem idosos, com barbas grisalhas flutuantes, todos clamando por um cigarro. Até um cego que estava nos fundos de uma das lojinhas ouviu falar dos cigarros e saiu se arrastando, tateando o ar com a mão. O maço inteiro se acabou num minuto. Nenhuma dessas pessoas, imagino eu, trabalha menos de doze horas por dia, e todas elas veem o cigarro como um luxo praticamente inacessível.

Como vivem em comunidades fechadas, os judeus exercem os mesmos ofícios dos árabes, exceto a agricultura. Vendedores de frutas, oleiros, ourives em prata, ferreiros, açougueiros, artesãos em couro, alfaiates, aguadeiros, mendigos, carregadores – para qualquer lado que se olhe, só se veem judeus. Na verdade, são 13 mil, todos morando numa área de poucos acres. Ainda bem que Hitler não está por aqui. Talvez esteja vindo, porém. A gente ouve os habituais comentários depreciativos sobre os judeus, não só dos árabes, mas também dos europeus mais pobres.

– Sim, *mon vieux*, eles me tiraram o serviço e deram para um judeu. Os judeus! São eles que mandam de fato nesse país, sabe? O dinheiro é todo deles. Controlam os bancos, as finanças, tudo.

– Mas – disse eu – não é verdade que o judeu médio é um diarista que recebe cerca de um penny por hora?

– Ah, isso é só de fachada! Na verdade, são todos agiotas. São espertos, os judeus.

Era exatamente assim que, uns duzentos anos atrás, queimavam por bruxaria mulheres pobres e idosas que, por mais mágicas que fizessem, não conseguiam uma refeição completa.

Todos os que trabalham com as mãos são parcialmente invisíveis e, quanto mais importante o trabalho que fazem, menos visíveis são. Apesar disso, a pele branca sempre se destaca muito. Na Europa setentrional, se vemos um diarista arando um campo, provavelmente olhamos uma segunda vez. Num país quente, em qualquer lugar ao sul de Gibraltar ou ao leste de Suez, o provável é que a gente nem o veja. Já percebi isso várias vezes. Numa paisagem tropical, nossa vista capta tudo, menos os seres humanos. Capta o solo ressequido, a figueira-da-índia, a palmeira, a montanha ao longe, mas nunca enxerga o camponês de enxada em seu lote de terra. Ele é da mesma cor da terra, e muito menos interessante para nossa vista.

É só por causa disso que os países famintos da Ásia e da África são aceitos como locais turísticos. Ninguém pensaria em fazer uma excursão barata pelas Áreas Carentes.* Mas, onde os seres humanos têm pele escura, simplesmente não se nota sua pobreza. O que significa o Marrocos para um francês? Um pomar de laranjeiras ou um emprego no governo. Ou para um inglês? Camelos, castelos, palmeiras, a Legião Estrangeira, travessas de bronze e bandoleiros. Provavelmente o sujeito poderia morar aqui durante anos sem notar que a realidade da vida para 90% das pessoas é uma tremenda luta sem fim para arrancar um pouquinho de comida de um solo erodido.

A maior parte do Marrocos é tão desolada que nenhum animal silvestre maior do que uma lebre consegue viver ali. Áreas imensas outrora cobertas de florestas se transformaram num ermo sem vegetação, cujo solo é como tijolo quebrado. Apesar disso, uma boa parte é cultivada, com um esforço tremendo. Tudo é feito a mão. As mulheres, dobradas em dois como um L invertido, vão atravessando devagar os campos, em longas filas, arrancando com a mão os matos espinhosos, e o camponês, quando vai colher capim para forragem, não corta a alfafa, mas arranca-a talo por talo e assim consegue uns centímetros a mais por pé. O arado é um troço miserável de madeira, tão leve e frágil que é fácil de transportá-lo ao ombro, e tem na parte de baixo um dente de ferro que revolve o solo a uns dez centímetros de profundidade. É até onde vai a força dos animais. É comum arar com um boi e um jumento emparelhados. Dois jumentos não teriam força suficiente, mas, por outro lado, sairia um

---

* *Distressed Areas*: demarcação e classificação oficial das áreas mais pobres da Inglaterra com maior índice de desemprego, de desabrigados, de fome etc. Durante os anos 1930, a adoção de políticas sociais nessas áreas foi tema de acalorados debates no Parlamento. (N.T.)

pouco mais caro alimentar dois bois. Os camponeses não têm grades e apenas aram o solo várias vezes, em diversas direções, finalmente deixando sulcos irregulares; depois disso, precisam acertar com a enxada a área toda, formando pequenos trechos oblongos, para reter a água. Tirando um ou dois dias após as raras chuvaradas, nunca há água suficiente. Ao redor dos campos, cavam canaletas com cerca de 10 ou 15 metros de profundidade para chegar aos filetes de água que correm pelo subsolo.

Todas as tardes, uma fila de mulheres bem velhas passa pela estrada diante de minha casa, cada qual carregando um fardo de lenha. Todas estão engelhadas pela idade e pelo sol, e todas são muito franzinas. Geralmente, nas comunidades primitivas, parece que as mulheres, depois de certa idade, encolhem e ficam do tamanho de crianças. Um dia, uma pobre criatura que não devia ter mais do que 1,20m de altura passou por mim, arrastando-se sob uma enorme carga de lenha. Detive a mulher e lhe pus na mão uma moeda de 5 *sous* (pouco mais do que um quarto de penny). A mulher soltou um som agudo, quase um grito, em parte de gratidão, mas principalmente de surpresa. Imagino que, do ponto de vista dela, era como se, ao lhe dar qualquer mínimo de atenção, eu estivesse transgredindo uma lei da natureza. Ela aceitava sua posição de velha, isto é, de animal de carga. Quando uma família está de viagem, é muito usual ver um pai e um filho adulto indo na frente, montados em jumentos, e uma velha seguindo atrás a pé, carregando a bagagem.

Mas o que é estranho nessas pessoas é a invisibilidade delas. Durante várias semanas, a fila de velhas passara na frente de casa com o fardo de lenha, mais ou menos sempre no mesmo horário, e, embora tenham se imprimido em minha retina, não posso dizer que cheguei realmente a vê-las. Era lenha passando – era isso o que eu via. Até que um dia, por acaso, eu estava andando atrás delas, e o curioso movimento de sobe e desce de uma carga de lenha chamou minha atenção para o ser humano que estava debaixo dela. Então percebi pela primeira vez os pobres corpos velhos, cor de terra, corpos reduzidos a ossos e a uma pele coriácea, dobrados em dois sob o peso opressivo. E, no entanto, creio que não fazia nem cinco minutos que eu estava em solo marroquino e já notei o excesso de carga que os jumentos transportavam, o que me deixou furioso. Não há dúvida de que os jumentos são tratados de uma maneira deplorável. O jumento marroquino é pouco maior do que um cachorro São Bernardo, carrega um peso que, no exército britânico, seria considerado excessivo para uma mula de 1,5m, e é muito habitual que passe semanas a fio sem lhe tirarem a sela de carga. Mas o que dá mais dó é que ele é a criatura mais bem disposta do mundo, segue o dono como um cão e não precisa de rédea nem bridão. Depois de dez, doze anos de trabalho devotado, o animal cai morto, o dono lança o corpo na vala, e, antes mesmo de esfriar, já é estripado pelos cachorros da aldeia.

Esse tipo de coisa faz ferver o sangue, ao passo que – de modo geral – o drama dos seres humanos não. Não estou criticando, apenas apontando um fato. Gente de pele escura é quase invisível. Qualquer um pode sentir pena do jumento com o lombo arriado sob o peso da carga, mas geralmente é só por algum acaso que chegamos sequer a notar a velha sob o fardo de lenha.

Enquanto as cegonhas voavam para o norte, os negros marchavam para o sul – uma longa coluna empoeirada, com infantaria, baterias de artilharia desmontável e mais infantaria, quatro ou cinco mil homens ao todo, em fila sinuosa pela estrada, ao som das botas em marcha e das rodas de ferro retinindo.

Eram senegaleses, os negros mais escuros da África, tão negros que às vezes é difícil ver em que lugar da nuca começa o cabelo. Tinham o físico magnífico escondido sob uniformes cáqui de tamanho único, os pés espremidos em botas que pareciam uns tocos de madeira, e todos os capacetes pareciam ser uns dois números menores do que o tamanho certo. Fazia um calor tórrido e os homens já haviam percorrido um longo caminho. Estavam vergados sob o peso das mochilas e os rostos negros curiosamente sensíveis rebrilhavam de suor.

Quando passavam, um negro alto e muito jovem se virou e nossos olhos se cruzaram. Mas o olhar que ele me deu não era de forma alguma o tipo de olhar que se esperaria. Não era hostil, desdenhoso, carrancudo, nem mesmo inquisitivo. Era o olhar tímido e arregalado dos negros, que na verdade é um olhar de profundo respeito. Entendi na hora. Esse pobre rapaz, que é cidadão francês e, portanto, foi arrastado da floresta para ir esfregar o chão e pegar sífilis nas bases militares, realmente tem um sentimento de reverência perante uma pele branca. Ensinaram-lhe que os brancos são seus senhores, e ele ainda acredita nisso.

No entanto, há um pensamento que ocorre a todo homem branco (e, quanto a isso, pouco importa se ele se diz socialista) ao ver um exército negro em marcha. "Por quanto tempo vamos continuar enganando essas pessoas? Quanto tempo até virarem as armas para o outro lado?"

Era curioso, de fato. Todo homem branco na África tem esse pensamento guardado em algum lugar da mente. Eu tinha, os outros circunstantes tinham, os oficiais em suas montarias suadas e os suboficiais brancos marchando também tinham. Era uma espécie de segredo que todos conhecíamos e evitávamos comentar; só os negros não sabiam. E, na verdade, olhar aqueles dois ou três quilômetros de homens armados, seguindo pacificamente pela estrada, era quase como ver uma manada de gado, enquanto as grandes aves brancas voavam acima deles na direção contrária, cintilando como pedaços de papel.

Marginalizados

Um dia na vida de um vagabundo*

Primeiro, o que é um *vagabundo*?
 Um vagabundo é uma espécie nativa inglesa. Suas características: não tem dinheiro, usa andrajos, anda uns vinte quilômetros por dia e nunca dorme duas noites seguidas no mesmo lugar.
 Em suma, é um andarilho, que vive de caridade, vagueando a pé, dia após dia, por anos, percorrendo várias vezes a Inglaterra de uma ponta a outra em suas andanças.
 Não tem emprego, nem casa, nem família; não tem nenhum pertence no mundo além dos andrajos que lhe cobrem o pobre corpo; vive às custas da comunidade.
 Ninguém sabe de quantos indivíduos se compõe a população vagabunda.
 Trinta mil? Cinquenta mil? Talvez cem mil na Inglaterra e no País de Gales, quando o desemprego está especialmente grave.
 O vagabundo vagueia não porque gosta, nem porque herdou os instintos nômades dos ancestrais; está tentando, acima de tudo, não morrer de fome.
 Não é difícil entender a razão; o vagabundo está desempregado por causa da situação econômica inglesa. Então, para sobreviver, ele precisa recorrer à caridade pública ou privada. Como forma de assistência, as autoridades criaram albergues, onde o destituído pode receber comida e abrigo.

---

* Publicado no jornal francês *Le Progrès Civique*, 5 de janeiro de 1929. Traduzido do francês para o inglês por Janet Percival e Ian Willison.

Esses lugares ficam a cerca de vinte quilômetros de distância uns dos outros, e ninguém pode ficar em qualquer um deles mais do que uma vez por mês. Daí as intermináveis peregrinações dos vagabundos que, se quiserem comer e dormir sob um teto, precisam procurar a cada noite um novo local de descanso.

Esta é a explicação para a existência de vagabundos. Agora, vejamos o tipo de vida que levam. Bastará observarmos apenas um dia, pois todos os dias são iguais para esses infelizes habitantes de um dos países mais ricos do mundo.

***

Tomemos um deles, ao sair do abrigo por volta das dez horas da manhã.

Ele está a cerca de vinte quilômetros do próximo abrigo. Levará provavelmente umas cinco horas para percorrer essa distância, e chegará ao destino por volta das três da tarde.

Não vai descansar muito durante a caminhada, porque a polícia, que vê os vagabundos com desconfiança, se encarregará prontamente de mandá-lo embora de qualquer cidadezinha ou vilarejo onde tente parar. É por isso que nosso homem não se demora no caminho.

Quando ele chega ao abrigo, são, como dissemos, cerca de três da tarde. Mas o abrigo só abre às seis da tarde. Três monótonas horas para matar na companhia de outros vagabundos, que já estão esperando. A manada de seres humanos cansados, de olheiras, barba por fazer, sujos e esfarrapados, aumenta a cada minuto. Logo são uns cem desempregados de quase todos os ramos.

A maioria é formada por mineiros e tecelões, vítimas do desemprego que grassa no norte da Inglaterra, mas encontram-se representados todos os ofícios, qualificados ou não.

Idade? De dezesseis aos setenta.

Sexo? Num grupo de cinquenta, cerca de duas mulheres.

Aqui e ali, um deficiente mental despeja uma torrente de palavras sem sentido. Alguns homens estão tão fracos e decrépitos que a gente se pergunta como conseguem caminhar vinte quilômetros.

Espanta-nos como suas roupas são grotescas, esfarrapadas, asquerosamente imundas.

O rosto deles nos faz pensar num animal selvagem, talvez não perigoso, mas que ficou selvagem e assustadiço por falta de repouso e cuidado.

***

Lá esperam, deitados na grama ou acocorados na poeira. Os mais ousados rondam furtivos o açougue ou a padaria, na esperança de catar algum resto. Mas é arriscado, porque na Inglaterra é proibido pedir esmola, e assim a maioria deles se contenta em ficar à toa, trocando vagas palavras numa gíria estranha, a linguagem própria dos vagabundos, cheia de expressões e termos bizarros e pitorescos que não se encontram em nenhum dicionário.

Vêm de todos os quadrantes da Inglaterra e do País de Gales e trocam aventuras, discutindo sem muita esperança a probabilidade de encontrar trabalho.

Muitos já se encontraram antes em algum abrigo no outro extremo do país, pois se cruzam várias vezes em suas andanças incessantes.

Esses albergues são caravançarás sórdidos e miseráveis, onde os miseráveis peregrinos ingleses se reúnem durante algumas horas antes de se dispersar novamente por todas as direções.

Todos os vagabundos fumam. Como é proibido fumar no abrigo, aproveitam ao máximo as horas de espera. O tabaco deles consiste basicamente em bitucas que catam na rua. Enrolam o fumo em papel ou põem dentro de um cachimbo velho.

Quando um vagabundo consegue algum trocado, trabalhando ou mendigando, seu primeiro impulso é comprar tabaco, mas geralmente tem de se contentar com as bitucas catadas na calçada ou na estrada. O abrigo só lhe dá cama e mesa: quanto ao resto, roupas, fumo etc., precisa se virar sozinho.

***

Já é quase hora de se abrirem os portões do abrigo. Os vagabundos já se levantaram e fazem fila ao longo da parede do edifício enorme, um cubo feio de tijolo amarelo, construído numa periferia distante, que se poderia confundir com um presídio.

Mais alguns minutos e os portões pesados se abrem e entra a manada de seres humanos.

A semelhança entre um desses abrigos e um presídio é ainda mais impressionante ao atravessarmos os portões. No meio de um pátio vazio, cercado por muros altos de tijolo, fica o edifício principal, com celas de paredes nuas, um banheiro, os escritórios da administração e uma salinha pequena com bancos de tábuas de pinho, que funciona como refeitório. Tudo tem o ar mais feio e sinistro que se possa imaginar.

Por toda parte sente-se a atmosfera de uma prisão. Funcionários uniformizados intimidam e empurram os vagabundos, nunca deixando de lhes lembrar que, ao entrar no albergue, renunciaram a todos os seus direitos e a toda a sua liberdade.

Anotam num registro o nome e o ofício do vagabundo. Então ele tem de tomar banho e lhe retiram as roupas e pertences pessoais. A seguir recebe um camisão de algodão cru para passar a noite.

Se por acaso tem algum dinheiro, confiscam-no; mas, se ele admite ter mais de quatro pence, não é autorizado a entrar no abrigo e terá de encontrar cama em algum outro lugar.

Por causa disso, os vagabundos que têm mais de quatro pence – não são muitos – escondem cuidadosamente o dinheiro na ponta da botina, certificando-se que ninguém veja, pois essa fraude pode render pena de prisão.

Depois do banho, o vagabundo, cujas roupas já lhe foram retiradas, recebe sua refeição: meia libra de pão com um pouco de margarina e meio litro de chá.

O pão feito expressamente para os vagabundos é horrível. É acinzentado, sempre velho, com um gosto ruim que dá a impressão de que a farinha foi feita com trigo estragado.

Mesmo o chá é o pior que se possa imaginar, mas os vagabundos o tomam de bom grado, pois se sentem aquecidos e reconfortados após o dia exaustivo.

Essa refeição pouco apetitosa é devorada em cinco minutos. Depois disso, os vagabundos recebem ordem de ir para as celas onde passarão a noite.

Essas celas, verdadeiras celas de prisão, feitas de tijolo ou de pedra, têm mais ou menos 3,60m x 1,80m. Não há luz artificial – a única fonte de luz é uma janela estreita com grades, no alto da parede, e um olho mágico na porta para que os guardas fiquem de olho nos internos.

Às vezes há uma cama na cela, mas normalmente os vagabundos têm de dormir no chão, com apenas três mantas para deitar.

Geralmente não há travesseiros, e por isso os infelizes internos são autorizados a ficar com o casaco, que enrolam como uma espécie de almofada para a cabeça.

Costuma fazer um frio terrível e as mantas, por causa do uso prolongado, são tão ralas que não oferecem proteção alguma contra os rigores do frio.

Tão logo os vagabundos entram nas celas, as portas são firmemente aferrolhadas por fora: só vão se abrir às sete horas da manhã seguinte.

Normalmente ficam dois internos por cela. Emparedados em sua prisãozinha por doze tediosas horas, sem nada que os proteja do frio a não ser uma camisa de algodão e três mantas finas, os pobres desgraçados sofrem cruelmente com o frio e a falta do mais elementar conforto.

Os locais estão quase sempre infestados de percevejos, e o vagabundo, boa presa para eles, com o corpo esgotado de cansaço, passa horas e horas se virando e se revirando, à inútil espera de dormir.

Se chega de fato a adormecer por alguns minutos, o desconforto de dormir no chão duro logo o acorda outra vez.

Os vagabundos calejados e espertos, que vivem dessa maneira faz quinze ou vinte anos e assim se tornaram filosóficos a esse respeito, passam as noites conversando. Vão descansar uma ou duas horas no dia seguinte, sob algum arbusto no campo que consideram mais acolhedor do que o abrigo. Mas os vagabundos mais jovens, ainda não endurecidos pela familiaridade com a rotina, gemem e se debatem no escuro, aguardando impacientes a manhã que lhes trará a libertação.

E então, quando a luz do sol finalmente ilumina as celas, eles avaliam tristes e desalentados a perspectiva de mais um dia exatamente igual ao dia anterior.

Por fim, as celas são destrancadas. É hora da visita do médico – com efeito, os vagabundos não são liberados enquanto não se cumprir essa formalidade.

O médico geralmente chega atrasado, e os vagabundos precisam esperar essa inspeção, enfileirados seminus num corredor. E é aí que se pode ter uma ideia da condição física em que se encontram.

Que rostos, que corpos!

Muitos têm malformações congênitas. Vários sofrem de hérnia e usam fundas no saco escrotal. Quase todos têm os pés deformados, cobertos de chagas, devido às longas caminhadas em botinas que não servem direito. Os velhos são apenas pele e osso. Todos têm os músculos flácidos e a aparência depauperada de quem faz um ano que não come uma refeição completa.

Os traços emaciados, as rugas precoces, as barbas por fazer, tudo neles mostra privação de sono e alimentação insuficiente.

Mas aí chega o médico. Faz uma inspeção rápida e superficial. Afinal, é apenas para ver se algum dos vagabundos apresenta sintomas de varíola.

O médico dá uma olhada rápida num vagabundo por vez, de cima a baixo, de frente e de costas.

Ora, a maioria deles tem alguma doença. Alguns, com deficiência mental quase completa, mal são capazes de cuidar de si. Mesmo assim, serão liberados desde que não apresentem as temidas marcas de varíola.

As autoridades pouco se importam se eles estão bem ou mal de saúde, desde que não estejam sofrendo de uma doença contagiosa.

Depois da inspeção médica, os vagabundos se vestem outra vez. Então, à luz fria do dia, dá para ver bem as roupas que os pobres diabos usam para se proteger dos flagelos do clima inglês.

As peças de roupa desparelhadas – na maioria, mendigadas de porta em porta – quase não prestam nem para a lata de lixo.

Grotescas, que não servem direito, compridas ou curtas demais, grandes ou pequenas demais, são de uma esquisitice que nos faria dar risada em qualquer outra circunstância. Aqui, o que sentimos ao vê-las é uma enorme piedade.

Foram remendadas como possível, com os mais variados retalhos. Pedaços de barbante cumprem o papel dos botões que faltam. As roupas de baixo não passam de frangalhos imundos, que só não se desfazem porque estão colados pela sujeira.

Alguns não têm roupa de baixo. Muitos não têm nem meias; enrolam os dedos em trapos e então enfiam os pés descalços em botinas cujo couro, endurecido pelo sol e pela chuva, perdeu qualquer flexibilidade.

É uma cena assustadora ver os vagabundos se aprontarem.

Depois de se vestir, os vagabundos recebem o desjejum, igual à refeição da noite anterior.

Então são enfileirados como soldados no pátio do abrigo, onde os guardas os põem a trabalhar.

Uns vão lavar o chão, outros vão cortar lenha, quebrar carvão, fazer uma variedade de tarefas até as dez da manhã, quando é dado o sinal para a saída.

Recebem de volta os pertences pessoais confiscados na véspera. Recebem de acréscimo uma libra de pão e um pedaço de queijo para a refeição do meio-dia ou, às vezes, mas com menos frequência, um vale que pode ser trocado por pão e chá em determinados cafés ao longo do caminho, até o valor de seis pence.

Um pouco depois das dez, os portões do abrigo se abrem para a saída de uma multidão de destituídos imundos e desgraçados, que se espalham pela zona rural.

Cada qual segue para um novo abrigo, onde será tratado exatamente da mesma maneira.

E por meses, anos, talvez décadas, os vagabundos não conhecerão outra existência.

***

Como conclusão, notemos que o alimento para cada vagabundo consiste, ao todo, em duas libras de pão com um pouco de margarina e queijo e uma pinta de chá por dia; isso é claramente insuficiente para um homem que precisa andar vinte quilômetros diários.

Para suplementar a dieta, conseguir roupa, tabaco e mil outras coisas de que possa precisar, o vagabundo, quando não consegue encontrar trabalho (e ele quase nunca consegue trabalho), precisa mendigar – mendigar ou roubar.

Ora, na Inglaterra é proibido mendigar e, por causa disso, muitos vagabundos acabam conhecendo as prisões de Sua Majestade.

É um círculo vicioso; se ele não mendiga, morre de fome; se mendiga, transgride a lei.

A vida desses vagabundos é degradante e desmoralizante. Em pouquíssimo tempo, pode converter um homem capaz num inútil e num parasita.

Além disso, ela é desesperadamente monótona. O único prazer dos vagabundos é topar inesperadamente com alguns xelins; isso lhes dá a chance de comerem pelo menos uma vez até se saciar ou então de se embebedarem.

O vagabundo está apartado das mulheres. Poucas mulheres viram vagabundas. O vagabundo, para suas irmãs mais afortunadas, é objeto de desprezo. Assim, a homossexualidade é um vício não desconhecido entre esses eternos andarilhos.

Resumindo, o vagabundo, que não cometeu crime algum e, ao fim e ao cabo, é simplesmente uma vítima do desemprego, é condenado a uma vida mais desgraçada do que a do pior criminoso. É um escravo com uma aparência de liberdade que é pior do que a mais cruel escravidão.

Quando refletimos sobre seu destino miserável, partilhado por milhares de homens na Inglaterra, a conclusão óbvia é que a sociedade o trataria com mais bondade se o trancasse pelo resto da vida na prisão, onde pelo menos gozaria de um relativo conforto.

E.A. BLAIR*

---

* Pseudônimo com que o autor assinava sobretudo textos para a imprensa. (N.E.)

Mendigos em Londres*

Qualquer pessoa que tenha estado em Londres deve ter notado a grande quantidade de mendigos nas ruas.

Esses infelizes, muitas vezes estropiados ou cegos, são vistos por toda a capital. Poderíamos dizer que fazem parte do cenário.

Em algumas áreas, vemos a cada três ou quatro metros uma figura andrajosa, doente, esfarrapada, de pé no meio-fio, com uma bandeja de caixas de fósforo que finge estar vendendo.

Outros cantam alguma cantiga popular com voz cansada.

Outros ainda tocam desafinado algum velho instrumento musical.

Todos eles são, sem exceção, mendigos que perderam os meios de subsistência por causa do desemprego e agora se veem reduzidos a buscar a caridade dos passantes de maneira mais ou menos explícita.

Quantos mendigos há em Londres? Ninguém sabe com precisão, provavelmente vários milhares. Talvez dez mil na pior fase do ano. De todo modo, o provável é que, entre quatrocentos londrinos, haja um mendigo vivendo às custas dos outros 399. Entre esses indivíduos que estão na pior, alguns sofreram lesões nas fábricas, outros perderam anos de vida na guerra que supostamente iria "acabar com as guerras" em vez de aprenderem um ofício bem pago e, quando voltaram para a Inglaterra, descobriram que

---

* Publicado no jornal francês *Le Progrès Civique*, em 12 de janeiro de 1929. Tradução do francês para o inglês de Janet Percival e Ian Willison.

o país agradecido recompensara seus serviços dando-lhes a escolha entre morrer lentamente de fome e esmolar.

Não têm seguro-desemprego ou, se tiveram, o período de seis meses estabelecidos por lei para ter acesso ao benefício se acabou antes que conseguissem encontrar trabalho.

Nessa confraria, em que velhos convivem com jovens mal saídos da adolescência, o número de mulheres é relativamente pequeno.

Os mendigos, como os vagabundos que descrevi em meu último artigo, se diferenciam enormemente nas origens, na personalidade e nos ofícios que exercem em tempos mais prósperos, mas todos se assemelham na sujeira, nos andrajos e no invariável ar de desgraça.

Antes de prosseguir examinando como os mendigos londrinos vivem às custas do público, precisamos ter clareza sobre a estranha anomalia de sua posição perante as autoridades.

***

Londres está cheia de gente cujo único sustento é a caridade privada. Há milhares de pessoas pedindo dinheiro, embora a mendicância seja rigorosamente proibida na metrópole do Império Britânico, sob pena de prisão. Então como é que milhares de cidadãos transgridem diariamente a lei do país e ficam impunes?

A resposta é que, na verdade, a coisa mais fácil do mundo é escapar à lei. Pedir explicitamente dinheiro, alimento ou roupa é crime, mas, por outro lado, é plenamente lícito vender ou fingir vender qualquer objeto ou incomodar os concidadãos fingindo entretê-los.

E essas são peculiaridades da lei inglesa que desafiam o mais básico senso comum.

***

Vejamos agora como é possível escapar à lei.

Primeiro, a música.

Os cantores e os devotos da flauta ou do trombone formam legião. Os que não sabem tocar nenhum instrumento andam pelas ruas com um gramofone num carrinho de mão, mas a maioria desses músicos de rua são tocadores de realejo.

O "piano portátil" é um instrumento musical mais ou menos do tamanho de um piano vertical comum, montado numa carrocinha. Para tocá-lo, gira-se uma manivela.

Existe uma quantidade enorme de tocadores de realejo em Londres e, na verdade, são tantos que, em algumas áreas, é praticamente impossível evitar a chiadeira deles.

A gente encontra em cada esquina um pobre diabo girando a manivela. Essa música queixosa, específica de Londres, é extremamente triste.

Observemos de passagem que não se devem confundir os tocadores de realejo com os artistas genuínos que se empenham ao máximo para entreter e agradar seus semelhantes. São simplesmente mendigos, em todas as acepções do termo. A música horrorosa resulta de um gesto meramente mecânico, com o único objetivo de mantê-los dentro da lei.

O infortúnio deles – que é muito real – é objeto de franca exploração. Pois existe em Londres uma dúzia de firmas especializadas na fabricação de realejos, que os alugam por 15 xelins semanais. Como um instrumento dura em média dez anos, o fabricante de realejos tem um bom lucro, o que não se pode dizer do pobre "músico" de rua.

O pobre diabo arrasta seu instrumento pelas ruas das dez da manhã até as oito ou nove da noite.

Depois de pagar o aluguel do realejo, ao cabo de uma semana resta-lhe ao todo cerca de uma libra esterlina.

Poderia faturar mais se trabalhasse sozinho, mas isso é impossível, pois precisa de um ajudante para "passar o chapéu" enquanto ele gira a manivela.

Pois o público não tolera de muito boa vontade os tocadores de realejo. Se não insistissem em passar o chapéu (que é seu pratinho de esmolas), ninguém lhes daria nada. Assim, todos os músicos de rua são obrigados, sem exceção, a se associar a um colega, com quem dividem o que recebem.

Preferem tocar em cafés e restaurantes populares, ficando à porta, do lado de fora, no horário das refeições. Um canta ou toca um instrumento na rua, enquanto o outro recolhe o dinheiro.

Claro que isso só é possível nos bairros operários, pois nos bairros mais abastados a polícia não permite qualquer tipo de mendicância, mesmo que seja disfarçada.

Por causa disso, os mendigos de Londres vivem basicamente às custas dos pobres.

Voltemos a nosso tocador de realejo.

Como vimos, ele trabalha de nove a dez horas por dia, arrastando seu instrumento que pesa 600 quilos, de café em café, parando na frente de cada um apenas o tempo suficiente para tocar uma música.

É difícil imaginar uma existência mais desesperadamente monótona só para conseguir, depois de seis dias de esforço exaustivo sob sol e chuva, uma mísera libra. E em Londres há um milhar deles.

***

O mendigo, como dissemos, precisa fazer de conta que é vendedor ou artista para não cair nas mãos da lei... um artifício medíocre que, na verdade, não engana ninguém.

Vimos o trabalho do músico de rua; passemos agora ao "artista de calçada".

As calçadas de Londres normalmente são feitas de pedras largas, em que nosso homem, com seus gizes de cor, desenha retratos, naturezas-mortas e paisagens de cores vivas.

Creio que não há "artistas" assim em nenhum outro lugar da Europa. Como os músicos, eles estão supostamente trabalhando para entreter o público, de forma que, ao exercer sua "profissão", não estão tecnicamente infringindo a lei.

O artista de calçada fica em seu ponto das nove da manhã até o anoitecer.

Começa desenhando bem rápido três ou quatro imagens, mostrando o rei, o primeiro-ministro, uma cena de neve ou talvez frutas, flores etc. Então senta no chão e pede dinheiro.

Às vezes, logo que se junta um número suficiente de pessoas, ele conta, tal como o tocador de realejo, com o auxílio de um amigo para passar o chapéu.

Desnecessário dizer que, quanto mais desgraçada é sua aparência, mais piedade ele desperta.

Assim, passa dias acocorado na pedra dura e fria. Se usasse um banquinho ou uma cadeira dobrável, ia parecer "rico" demais e isso prejudicaria seus resultados.

Evidentemente, um mendigo precisa ter algo de psicólogo.

Como bem se pode imaginar, os desenhos estão longe de ser obras-primas. Alguns dariam vergonha numa criança de dez anos.

Há até alguns artistas de calçada que aprenderam apenas a desenhar uma coisa só, que continuam reproduzindo por anos a fio.

A vida desses pobres diabos é tão parca e vazia quanto a dos músicos de rua.

Essa atividade às vezes pode render três ou até quatro libras por semana, mas não se podem esquecer os problemas. É impossível, por exemplo, desenhar na calçada quando as pedras estão molhadas, de forma que, na média, o faturamento semanal não ultrapassa uma libra.

Mal vestidos, mal alimentados, os artistas de calçada, que passam dias inteiros expostos ao vento e ao frio, mais cedo ou mais tarde contraem o reumatismo ou a tuberculose que acaba por levá-los.

***

Agora passemos aos que vendem ou, melhor, fingem vender na rua fósforos, cadarços, lavandas etc.

O vendedor de fósforos precisa comprar a caixa de fósforos por meio penny e o preço no varejo não pode superar 1 penny.

Uma boa margem, há alguém de pensar. À primeira vista, talvez pareça, mas vale lembrar que, para faturar meia coroa por dia, o mínimo dos mínimos para viver em Londres, ele terá de vender sessenta caixinhas. É algo claramente impossível, e nossos "vendedores", tal como os músicos de ruas e os artistas de calçada, são apenas mendigos disfarçados; o destino deles é ainda menos invejável do que o dos demais.

Faça chuva, faça sol, têm de ficar seis dias inteiros parados no meio-fio, mascateando seus artigos numa voz lamurienta.

Não existe atividade mais tola ou mais degradante.

Ninguém compra seus fósforos, seus cadarços ou suas lavandas, mas, de tempos em tempos, um passante fica com pena e joga uma moeda na bandeja que usam pendurada no pescoço para expor seus artigos.

Sessenta horas semanais nessa espantosa labuta renderão uns dezesseis xelins – que dão mal e mal para não morrer de fome.

E há os que esmolam abertamente. São bastante raros, pois, mais cedo ou mais tarde, serão apanhados e travarão conhecimento com as prisões de Sua Majestade.

Todavia, abre-se exceção para os cegos, os quais, por uma espécie de acordo tácito, gozam de total imunidade.

***

Agora que demos uma olhada nas várias formas de esmolar em Londres, vejamos a vida privada dos que são obrigados a viver de caridade.

Muitos mendigos são casados e, pelo menos algumas vezes, são responsáveis por filhos.

Por qual milagre conseguem atender a suas necessidades? Mal nos atrevemos a perguntar.

Em primeiro lugar, o alojamento.

O solteiro aqui leva vantagem, pois pode pagar oito pence por noite para dormir numa daquelas pensões coletivas que proliferam nos bairros populosos.

O casado, por outro lado, se quiser viver com a esposa, precisa alugar um cômodo próprio, que sairá muito mais caro.

Na verdade, as regras dessas pensões proíbem que homens e mulheres durmam sob o mesmo teto, ainda que em quartos separados.

Como vemos, as autoridades londrinas não se arriscam em questões de costumes.

***

Os mendigos se alimentam quase exclusivamente de pão com margarina e chá.

Raramente tomam cerveja ou qualquer outra bebida alcoólica, pois a cerveja em Londres custa seis pence a pinta.

Assim, o único estimulante deles é o chá. Tomam chá a qualquer hora do dia e da noite, sempre que conseguem.

Tal como os vagabundos, os mendigos de Londres usam entre eles uma linguagem própria, uma espécie de gíria cheia de expressões estranhas, na maioria referentes a seus contatos com a polícia.

Observam entre si um certo código de etiqueta. Cada qual tem um lugarzinho reservado na calçada, que nenhum outro tentará roubar.

Nenhum tocador de realejo e nenhum artista de calçada ocupará um lugar a menos de trinta metros do lugar do outro.

Raramente se transgridem essas regras estabelecidas.

O grande inimigo é a polícia, que tem sobre eles um poder de tipo discricionário. Um policial pode mandar que saiam dali quando bem queira e pode até prendê-los se assim quiser.

Se ele achar indecente algum desenho do artista de calçada, ou se um tocador de realejo se arriscar a ir a um bairro "elegante" onde é proibido tocar música, o representante da lei e da ordem mandará imediatamente que saiam dali.

Ai do mendigo que não sair; aguarda-o a prisão "por obstruir um policial no cumprimento de seu dever".

***

Às vezes, um desses pobres diabos se afunda ainda mais.

Talvez tenha adoecido e não conseguiu os oito pence necessários para pagar pela cama à noite.

Ora, os donos das pensões nunca fazem fiado.

Assim, toda noite ele precisa pagar oito pence ou se resignar a dormir a céu aberto.

Passar a noite na rua, em Londres, não tem nada de atraente, especialmente para um pobre desgraçado andrajoso e subnutrido.

Além disso, dormir a céu aberto só é permitido numa única via de Londres.

Se a pessoa tiver vontade, pode ficar andando por todas as ruas que quiser durante a noite, pode se sentar num degrau de escada, no meio-fio ou em qualquer outro lugar, mas não pode dormir ali.

Se o policial de ronda encontrar a pessoa dormindo, tem obrigação de acordá-la.

Isso porque descobriram que um homem dormindo sucumbe mais facilmente ao frio do que um homem acordado, e a Inglaterra não iria deixar um filho seu morrer na rua.

Assim, a pessoa tem liberdade de passar a noite na rua, desde que insone.

Mas, como disse, há uma via pública onde os desabrigados podem dormir. O curioso é que é o Embankment do Tâmisa, que não fica longe das Câmaras do Parlamento.

Ali há alguns bancos de ferro, onde todas as noites umas sessenta ou setenta pessoas vão dormir, representantes da mais sórdida miséria que se encontra na capital.

Junto ao Tâmisa faz um frio terrível, e as roupas surradas e esfarrapadas não oferecem proteção alguma contra os rigores do frio. Assim, como não têm cobertores, eles se enrolam em jornais velhos.

O desconforto dos bancos e o ar gelado da noite não incentivam o sono, mas mesmo assim esses pobres diabos estão tão esgotados que, apesar de tudo, conseguem dormir uma ou duas horas, aninhados uns junto aos outros.

Para alguns deles, faz décadas que praticamente não têm outro leito a não ser esses bancos do Embankment.

Recomendamos a todos os que visitam a Inglaterra e gostariam de ver o outro lado de nossa aparente prosperidade que deem uma chegada ao local e vejam esses que costumam dormir no Embankment, com seus andrajos imundos, os corpos devastados pela doença, de barba no rosto, reprimendas vivas ao Parlamento a cuja sombra se deitam.

E.A. BLAIR

Política e sociedade

A LIBERDADE DE IMPRENSA*

Comecei a pensar na ideia central desse livro em 1937, mas só vim a escrevê-lo no final de 1943. A essa altura, era evidente que teria muita dificuldade em publicá-lo (apesar da atual escassez de livros, que garante que qualquer coisa que possa ser classificada como livro terá "saída") e, no caso, ele foi recusado por quatro editoras. Apenas uma delas tinha motivos ideológicos. Outras duas fazia anos que publicavam livros antirrussos, e a outra não tinha qualquer cor política que se notasse. Na verdade, uma das editoras de início aceitou o livro, mas, depois dos acertos preliminares, resolveu consultar o Ministério da Informação, que alertou o editor ou, em todo caso, lhe recomendou vivamente que não o publicasse. Aqui está um excerto da carta:

> Mencionei a reação que recebi de um importante integrante do Ministério da Informação quanto a *A Fazenda dos Animais*. Devo admitir que essa opinião assim expressa me fez pensar seriamente... agora entendo que se pode considerar altamente desaconselhado publicá-lo no momento atual. Se a fábula fosse dirigida genericamente aos ditadores e às ditaduras em geral, não haveria problemas em publicá-la, mas, como vejo agora, a fábula segue tão estritamente o avanço dos soviets russos e de seus dois ditadores que só pode se aplicar à Rússia, excluindo as demais ditaduras. Outra coisa: seria

---

* Prefácio escrito para *A Fazenda dos Animais*, publicado pela primeira vez no *Times Literary Supplement* em 15 de setembro de 1972.

menos ofensivo se a casta predominante na fábula não fossem os porcos.* Creio que a escolha dos porcos como casta dirigente certamente ofenderá a muitos, especialmente os que são um pouco sensíveis como, sem dúvida, são os russos.

Esse tipo de coisa não é um bom sinal. Obviamente, não é desejável que um órgão do governo tenha qualquer poder de censura (exceto a censura por razões de segurança nacional, contra a qual ninguém levanta objeções em tempo de guerra) sobre livros que não têm patrocínio oficial. Mas o grande perigo que ameaça a liberdade de pensamento e expressão nesse momento não é a interferência direta do Ministério da Informação ou de qualquer órgão oficial. Se os editores se empenham em não publicar certos temas, não é por medo de um processo, e sim por medo da opinião pública. Nesse país, a covardia intelectual é o pior inimigo que os escritores ou jornalistas têm de enfrentar, e não me parece que esse fato esteja sendo discutido com a atenção que merece.

Qualquer pessoa imparcial com experiência jornalística há de reconhecer que a censura oficial, durante essa guerra, não tem sido especialmente exasperante. Não temos sido submetidos ao tipo de "coordenação" totalitária que talvez fosse razoável esperar. A imprensa tem algumas reclamações justificadas, mas, de modo geral, o governo tem se comportado bem, mostrando uma surpreendente tolerância diante das opiniões minoritárias. O aspecto sinistro na censura literária na Inglaterra é que ela é em larga medida voluntária.

As ideias impopulares podem ser silenciadas, os fatos inconvenientes podem ser mantidos na sombra, sem necessidade

---

* Não está muito claro se a modificação sugerida foi ideia do próprio sr...., ou se veio do Ministério da Informação; em todo caso, parece trazer em si o sinete oficial. (N.A.)

de qualquer proibição oficial. Qualquer um que tenha morado bastante tempo num país estrangeiro conhece exemplos de notícias clamorosas – coisas que, por sua importância, ocupariam as manchetes principais – que ficaram ausentes da imprensa britânica, não por causa de uma intervenção do governo, mas por causa de um acordo tácito geral de que "não é apropriado" mencionar aquele determinado fato. Quanto aos jornais diários, isso é fácil de entender. A imprensa britânica é extremamente centralizada, e grande parte dela pertence a homens de grande fortuna que têm todos os motivos para ser desonestos em certos assuntos importantes. Mas o mesmo tipo de censura velada também opera nos livros e revistas, bem como no teatro, no cinema e na rádio. Sempre há uma ortodoxia, um ideário que, supõe-se, será aceito sem contestação por todas as pessoas de direita. Não que seja proibido dizer tal ou tal coisa, mas não é "apropriado" dizê--la, assim como na época vitoriana não era "apropriado" falar em calças na presença de uma senhora. Quem desafia a ortodoxia dominante se vê silenciado com uma eficácia surpreendente. Uma opinião genuinamente heterodoxa quase nunca é acolhida de modo imparcial, seja na imprensa popular, seja nos periódicos mais intelectualizados.

Nesse momento, o que a ortodoxia dominante exige é uma admiração acrítica pela Rússia soviética. Todos sabem disso, quase todos agem se baseando nisso. Qualquer crítica séria ao regime soviético, qualquer revelação de fatos que o governo soviético preferiria manter ocultos, é quase impublicável. E essa conspiração nacional para afagar nosso aliado se dá, curiosamente, sobre um pano de fundo de genuína tolerância intelectual. Pois, embora não possamos criticar o governo soviético, pelo menos temos razoável liberdade para criticar nosso governo. Dificilmente alguém publicará um ataque a Stálin, mas é plenamente seguro atacar Churchill, pelo menos em livros e periódicos. E ao longo de cinco anos inteiros de guerra, sendo que durante dois ou três estivemos lutando pela sobrevivência nacional, publicou-se sem qualquer interferência uma quantidade enorme de livros, ensaios e artigos defendendo uma paz de compromisso. E mais: foram publicados sem despertar maiores protestos. Desde que não envolva o prestígio da URSS, em boa medida tem-se preservado o princípio da liberdade de expressão. Há outros temas proibidos, e citarei alguns deles, mas a atitude predominante em relação à URSS é o sintoma mais grave. Ela é, por assim dizer, espontânea e não se deve à ação de qualquer grupo de pressão.

O servilismo com que a maior parte da intelectualidade inglesa tem engolido e repetido a propaganda russa desde 1941 seria francamente espantoso, se ela não tivesse se comportado de maneira semelhante em várias ocasiões anteriores. Numa sucessão de questões controversas, o ponto de vista russo tem sido aceito sem maiores exames e então divulgado ao público com total desconsideração pela verdade histórica ou pela honestidade intelectual. Para citar apenas um exemplo, a BBC comemorou o 25º aniversário do Exército Vermelho sem citar Trótski. Isso é quase como comemorar a batalha de Trafalgar sem mencionar Nelson, mas não despertou qualquer protesto da intelectualidade inglesa. Nas lutas internas dos vários países ocupados, a imprensa britânica, em quase todos os casos, tem se alinhado com a facção apoiada pelos russos e difamado a facção oposta, às vezes suprimindo provas materiais para isso. Um caso especialmente flagrante foi o do coronel Mikhailovitch, o líder chetnik iugoslavo. Os russos, cujo protegido iugoslavo era o marechal Tito, acusaram Mikhailovitch de colaborar com os alemães. Essa acusação foi prontamente encampada pela imprensa britânica: os apoiadores de Mikhailovitch não tiveram qualquer chance de resposta e os fatos que a contradiziam foram simplesmente deixados de lado. Em julho de 1943, os alemães ofereceram uma recompensa de 100 mil coroas de ouro pela captura de Tito e uma mesma recompensa pela captura de Mikhailovitch. A imprensa britânica "espalhou" por todo lado a recompensa por Tito, mas apenas um jornal mencionou (em letras pequenas) a recompensa por Mikhailovitch, e as acusações de colaborar com os alemães prosseguiram. Aconteceram coisas muito parecidas durante a Guerra Civil espanhola. Naquela época, também, as facções do lado republicano que os russos estavam decididos a esmagar foram impiedosamente difamadas na imprensa inglesa de esquerda, que se negou a publicar qualquer declaração em defesa delas, mesmo que em forma de carta. Hoje em dia, não só se considera repreensível qualquer crítica séria à URSS, como também, em alguns casos, mantém-se em segredo até mesmo a existência dessas críticas. Por exemplo, Trótski, pouco antes de morrer, tinha escrito uma biografia de Stálin. Pode-se supor que o livro não era isento de parcialidades, mas evidentemente teria grande saída. Um editor americano combinara lançá-lo e o livro estava impresso – creio que os exemplares de divulgação já tinham sido enviados – quando a URSS entrou na guerra. O livro foi imediatamente recolhido. Nunca apareceu na imprensa britânica uma única palavra sobre isso, embora a existência desse livro, bem como sua retirada de circulação, fossem notícia que mereceria alguns parágrafos.

É importante diferenciar entre o tipo de censura que a intelectualidade literária inglesa impõe voluntariamente a si mesma e a censura que às vezes pode ser implantada por grupos de pressão. É sabido que certos temas não podem ser abordados devido a "grupos de interesse". O caso mais conhecido é o esquema de pretensos remédios vendidos como panaceias. Ademais, a Igreja católica tem considerável influência na imprensa e consegue em certa medida silenciar críticas a si. Um escândalo envolvendo um padre católico quase nunca é divulgado, ao passo que um pastor anglicano envolvido em problemas (por exemplo, o pároco de Stiffkey) ocupa as manchetes. É muito raro que qualquer coisa de tendência anticatólica apareça no palco ou no cinema. Qualquer ator nos dirá que uma peça ou um filme atacando ou ridicularizando a Igreja católica estará sujeito a boicote na imprensa e provavelmente será um fracasso. Mas essa espécie de coisa é inofensiva ou, pelo menos, compreensível. Qualquer grande organização cuidará de seus interesses da melhor forma possível, e a propaganda explícita não é algo que desperte maiores objeções. É tão improvável que o *Daily Worker* publique fatos desfavoráveis sobre a URSS quanto o *Catholic Herald* denuncie o papa. Mas, até aí, qualquer pessoa minimamente informada sabe o que o *Daily Worker* e o *Catholic Herald* são. O preocupante é que, no que se refere à URSS e à política soviética, não se pode esperar uma crítica inteligente ou sequer, em muitos casos, simplesmente honesta de jornalistas e escritores liberais que não sofrem qualquer pressão direta para falsear suas opiniões. Stálin é sacrossanto e alguns aspectos de sua política não devem ser discutidos a sério. Essa regra tem sido observada em caráter quase universal desde 1941, mas já vinha operando, a um grau maior do que às vezes se supõe, dez anos antes disso. Durante todo esse tempo, as críticas de esquerda ao regime soviético dificilmente encontravam ouvidos. Havia uma enorme produção de bibliografia antirrussa, mas quase toda ela tinha enfoque conservador e era explicitamente desonesta, desatualizada e movida por motivos sórdidos. Por outro lado, havia um fluxo igualmente enorme e quase igualmente desonesto de propaganda pró-russa, ao que se somava um verdadeiro boicote a qualquer um que tentasse debater de maneira adulta questões importantíssimas. Podiam-se publicar livros antirrussos, mas isso garantia que praticamente toda a imprensa mais intelectualizada os ignorasse ou os apresentasse de maneira distorcida. Tanto em público quanto em reservado, a pessoa era advertida de que aquilo "não se fazia". Até podia ser verdade, mas era "inoportuno" e seria fazer o jogo de tal ou tal interesse reacionário. Geralmente se defendia essa atitude invocando a situação internacional e a necessidade premente de uma aliança anglo-russa, mas era evidente que se tratava de uma racionalização. Os intelectuais ingleses, ou grande parte deles, tinham desenvolvido uma lealdade nacionalista em relação à URSS e sentiam sinceramente que lançar qualquer dúvida sobre a sabedoria de Stálin constituía uma espécie de blasfêmia. Acontecimentos na Rússia e acontecimentos em outros lugares deviam ser julgados por critérios diferentes. As intermináveis execuções nos expurgos de 1936-38 eram aplaudidas por pessoas que passaram a vida sendo contrárias à pena capital, e se considerava adequado divulgar as fomes quando ocorriam na Índia e ocultá-las quando ocorriam na Ucrânia. E se já acontecia assim antes da guerra, agora a atmosfera intelectual certamente não é melhor.

Mas voltemos a esse meu livro. A reação da maioria dos intelectuais ingleses será muito simples: "Não devia ter sido publicado". Naturalmente, os resenhistas que conhecem a arte de demolir o atacarão não por razões políticas, e sim por razões literárias. Dirão que é um livro bobo, sem graça, um lamentável desperdício de papel. Até pode ser verdade, mas claro que a questão não é só essa. Ninguém diz que um livro "não devia ter sido publicado" só porque é ruim. Afinal, publica-se diariamente uma montanha de porcarias e ninguém se importa. Os intelectuais ingleses, ou a maioria deles, farão objeções ao livro porque critica o Líder deles e (conforme pensam) prejudica a causa do progresso. Se fosse ao contrário, não teriam nada a objetar, mesmo que seus defeitos literários fossem dez vezes mais flagrantes do que são. O sucesso, por exemplo, do Left Book Club por quatro ou cinco anos mostra como estão dispostos a tolerar um texto apressado e desleixado, desde que lhes diga o que querem ouvir.

    A pergunta aqui é muito simples: toda opinião, por impopular – e até tola – que seja, tem direito a ser ouvida? Coloquemos nesses termos e praticamente todos os intelectuais ingleses acharão que devem responder "Sim". Mas, se dermos contornos concretos a ela e perguntarmos "E um ataque a Stálin? Tem direito a ser ouvido?", a resposta geralmente será "Não". Nesse caso, a ortodoxia corrente se vê questionada e, assim, o princípio da livre expressão deixa de valer. Ora, quando se reivindica a liberdade de expressão e de imprensa, não se está reivindicando uma liberdade absoluta. Enquanto existirem sociedades organizadas, sempre deve haver ou, de todo modo, sempre haverá algum grau de censura. Mas a liberdade, como disse Rosa Luxemburgo, é "liberdade para o semelhante". O mesmo princípio está contido nas famosas palavras de Voltaire: "Não concordo com o que dizes, mas defenderei até a morte teu direito de dizê-lo". Se a liberdade intelectual, que é, sem dúvida, uma das características próprias da civilização ocidental, significa alguma coisa, é que cada qual tem o direito de dizer e publicar o que acredita ser verdade, desde que não prejudique de maneira inequívoca o resto da comunidade. Até pouco tempo atrás, tanto a democracia capitalista quanto as versões ocidentais do socialismo tomavam esse princípio como questão assente. Nosso governo, como já apontei, ainda dá algumas mostras de respeitá-lo. As pessoas comuns – em parte, talvez, por não se interessarem por ideias em grau suficiente para ser intolerantes com elas – ainda sustentam vagamente que "Imagino que todos têm direito à própria opinião". É apenas ou, de todo modo, sobretudo a intelectualidade literária e científica, as próprias pessoas que deveriam ser as guardiãs da liberdade, que estão começando a desprezá-la, não só na prática, mas também na teoria.

Um dos fenômenos próprios de nossa época é o liberal renegado. Além da famosa asserção marxista de que a "liberdade burguesa" é uma ilusão, existe agora uma tendência amplamente difundida de argumentar que só é possível defender a democracia com métodos totalitários. Segundo esse argumento, o indivíduo, se preza a democracia, deve esmagar os inimigos dela por qualquer meio que seja. E quem são os inimigos da democracia? Sempre se patenteia que são não só os que a atacam de maneira explícita e consciente, mas também os que, difundindo doutrinas equivocadas, colocam-na "objetivamente" em risco. Em outras palavras, defender a democracia inclui destruir qualquer independência do pensamento. Esse argumento foi usado, por exemplo, para justificar os expurgos russos. O mais ardoroso russófilo dificilmente acreditava que todas as vítimas eram culpadas de todas as acusações que lhes foram feitas: mas, ao sustentar opiniões heréticas, prejudicavam "objetivamente" o regime e, portanto, era plenamente correto não só massacrá-las, mas também desacreditá-las com acusações falsas. O mesmo argumento foi usado para justificar as mentiras muito conscientes publicadas na imprensa sobre os trotskistas e outras minorias republicanas na Guerra Civil espanhola. E foi usado mais uma vez para gritar contra o *habeas corpus* quando Mosley foi solto em 1943.

Essas pessoas não veem que, se encorajam métodos totalitários, chegará uma hora em que serão usados não a favor e sim contra elas. Adote-se o hábito de prender fascistas sem julgamento, e talvez o processo não se limite aos fascistas. Logo depois que o *Daily Worker*, então proibido, pôde voltar às atividades, eu estava dando uma palestra numa faculdade de trabalhadores no sul de Londres. O público era formado por intelectuais da classe trabalhadora e da classe média baixa – o mesmo tipo de público que se costumava encontrar nas seções do Left Book Club. A palestra abordara a liberdade de imprensa e no final, para meu assombro, vários ouvintes se levantaram e me perguntaram se eu não achava que o fim da proibição do *Daily Worker* era um grande erro. Quando perguntei por quê, eles disseram que era um jornal de lealdades duvidosas e não devia ser tolerado em tempo de guerra. Vi-me defendendo o *Daily Worker*, que havia me difamado algumas vezes. Mas onde aquelas pessoas tinham aprendido aquela abordagem essencialmente totalitária? Decerto tinham aprendido com os próprios comunistas! A tolerância e a decência têm raízes profundas na Inglaterra, mas não são indestrutíveis e, em parte, é preciso um esforço consciente para mantê-las vivas. O resultado de pregar doutrinas totalitárias é enfraquecer o instinto pelo qual os povos livres sabem o que é e o que não é perigoso. O caso de Mosley ilustra isso. Em 1940, era plenamente correto prender Mosley, quer tivesse tecnicamente cometido ou não qualquer crime. Estávamos lutando por nossas vidas, e não podíamos permitir que um possível colaboracionista ficasse em liberdade. Em 1943, mantê-lo confinado, sem julgamento, era um escândalo. A incapacidade geral de enxergar isso era um mau sintoma, embora seja verdade que a agitação contra a soltura de Mosley foi em parte factícia, em parte uma racionalização de outras insatisfações. Mas até que ponto o atual deslizamento para formas de pensamento fascistas deriva do "antifascismo" dos últimos dez anos e da falta de escrúpulos resultante? É importante entender que a atual russomania é apenas um sintoma do enfraquecimento geral da tradição liberal ocidental. Se o Ministério da Informação tivesse intervindo e vetado claramente a publicação desse livro, o grosso da intelectualidade inglesa não veria nada de mais nisso. Acontece que a lealdade acrítica à URSS é a ortodoxia atual e, no que tange aos supostos interesses da URSS, esses intelectuais estão dispostos a tolerar não só a censura, mas também o falseamento deliberado da história. Vejamos um exemplo. Com a morte de John Reed, o autor de *Os dez dias que abalaram o mundo* – um relato em primeira mão dos dias iniciais da Revolução russa –, o copyright do livro passou para o Partido Comunista britânico, ao qual, creio eu, Reed legara os direitos. Alguns anos depois, os comunistas britânicos, tendo destruído a edição original do livro da maneira mais cabal que conseguiram, lançaram uma versão alterada, da qual haviam eliminado menções a Trótski e também removido a introdução escrita por Lênin. Se ainda existisse uma intelectualidade radical na Inglaterra, essa adulteração teria sido exposta e denunciada em todos os jornais literários do país. No entanto, não houve nenhum ou quase nenhum protesto. Para muitos intelectuais ingleses, parecia algo muito natural de se fazer. E essa tolerância ou franca desonestidade envolve muito mais do que a admiração pela Rússia que agora está na moda. Muito provavelmente, essa moda não vai durar. Pelo que sei, quando esse livro estiver publicado, minha visão do regime soviético poderá ser a visão de aceitação geral. Mas do que adiantaria isso? Trocar uma ortodoxia por outra não é necessariamente um avanço. O inimigo é a mentalidade de gramofone, quer se concorde ou não com o disco que está sendo tocado naquele momento.

Estou bastante familiarizado com todos os argumentos contra a liberdade de pensamento e de expressão – os argumentos de que ela não pode existir e os de que ela não deveria existir. Respondo simplesmente que esses argumentos não me convencem e que faz quatrocentos anos que nossa civilização se funda no contrário. Faz uma década que acredito que o regime russo existente é uma coisa basicamente ruim, e reivindico o direito de dizê-lo, embora sejamos aliados da URSS numa guerra que quero que vençamos. Se eu tivesse de escolher um texto para me justificar, escolheria o verso de Milton:

Pelas regras conhecidas da antiga liberdade.

A palavra "antiga" frisa o fato de que a liberdade intelectual é uma tradição de raízes profundas, sem a qual nossa cultura ocidental característica dificilmente existiria. Muitos de nossos intelectuais estão se afastando claramente dessa tradição. Aceitam o princípio de que se publique ou se proíba, se elogie ou se condene um livro não por seus méritos, mas conforme a conveniência política. E outros que não defendem de fato essa posição concordam com ela por pura covardia. Um exemplo é o silêncio dos numerosos e eloquentes pacifistas ingleses, que não erguem a voz contra o culto dominante ao militarismo russo. Segundo esses pacifistas, toda violência é um mal, e têm insistido em todas as fases da guerra em ceder ou, pelo menos, firmar uma paz de compromisso. Mas quantos deles sequer sugeriram que a guerra também é um mal quando é travada pelo Exército Vermelho? Pelo visto, os russos têm o direito de se defender, ao passo que para nós seria um pecado mortal. Só há uma maneira de explicar essa contradição, qual seja, é um desejo covarde de continuar junto com a grande maioria da intelectualidade, cujo patriotismo está mais voltado para a URSS do que para a Inglaterra. Sei que a intelectualidade inglesa tem muitas razões para ser tímida e desonesta e, na verdade, conheço de cor os argumentos que ela usa para se justificar. Mas ao menos deixemos essa bobagem de que se está defendendo a liberdade contra o fascismo. Se liberdade significa alguma coisa, é o direito de dizer às pessoas o que elas não querem ouvir. As pessoas comuns ainda endossam vagamente essa doutrina e agem de acordo com ela. Em nosso país – e não é assim em todos os países: não era na França republicana e não é hoje nos Estados Unidos –, são os liberais que temem a liberdade e são os intelectuais que querem conspurcar o intelecto: foi para chamar a atenção ao fato que escrevi esse prefácio.

Reflexões sobre Gandhi*

Os santos sempre deveriam ser considerados culpados até se provarem inocentes, mas os testes que lhes devem ser aplicados, evidentemente, não são os mesmos para todos os casos. No caso de Gandhi, as perguntas que nos sentimos propensos a fazer são: até que ponto Gandhi era movido pela vaidade – por se ver como um homem idoso, humilde, quase nu, sentado numa esteira de orações e abalando impérios com o puro poder espiritual – e até que ponto ele transigiu com seus próprios princípios ao ingressar na política, a qual, por sua própria natureza, é indissociável da coerção e da fraude? Para dar uma resposta conclusiva, seria preciso estudar as ações e os escritos de Gandhi de maneira extremamente detalhada, pois toda a sua vida foi uma espécie de peregrinação, em que cada gesto era significativo. Mas essa autobiografia parcial, que termina nos anos 1920, traz provas sólidas a seu favor, tanto mais porque abrange o que ele chamaria de parte impenitente de sua vida e nos lembra que dentro do santo, ou quase santo, havia uma pessoa muito astuta e competente que, se quisesse, teria tido grande êxito como advogado, administrador ou mesmo empresário.

Na época em que a autobiografia foi lançada,** lembro que li os capítulos iniciais nas páginas borradas de algum jornal indiano mal impresso. Causaram-me boa impressão, coisa que, naquela época, o próprio Gandhi não me causava. As coisas que

---

* Publicado na *Partisan Review*, em janeiro de 1949.
** *The Story of my Experiments with Truth*, de M.K. Gandhi, traduzido do gujarati por Mahadev Desai.

vinham associadas a ele – os panos tecidos em casa, as "forças da alma", o vegetarianismo – eram pouco atraentes e seu programa medievalista era obviamente inviável num país atrasado, faminto e superpopuloso. Também era evidente que estava sendo usado pelos britânicos. Em termos estritos, sendo nacionalista, Gandhi era inimigo, mas, visto que em todas as crises ele se empenhava em impedir a violência – o que, do ponto de vista britânico, significava impedir qualquer ação efetiva –, podia ser considerado "nosso homem". Às vezes, em reservado, admitia-se isso cinicamente. A atitude dos milionários indianos era parecida. Gandhi os conclamava ao arrependimento, e naturalmente prefeririam-no aos socialistas e comunistas que, se tivessem chance, lhes tirariam a fortuna. É difícil saber até que ponto esse tipo de cálculo é confiável no longo prazo; como diz o próprio Gandhi, "no final os trapaceiros trapaceiam apenas a si mesmos". De todo modo, porém, a afabilidade com que quase sempre o tratavam devia-se em parte à impressão de que ele era útil. Os conservadores britânicos só se irritaram realmente com Gandhi quando, como em 1942, dirigiu sua não violência a outro conquistador.

Mas, já então, eu podia ver que os funcionários britânicos que falavam de Gandhi com um misto de divertimento e contrariedade também sentiam, de certa maneira, genuíno apreço e admiração por ele. Nunca ninguém insinuou que fosse corrupto ou tivesse ambições vulgares, nem que fizesse algo por medo ou malícia. Ao julgar um homem como Gandhi, parece que aplicamos instintivamente critérios elevados, de modo que algumas de suas virtudes passam quase despercebidas. Por exemplo, mesmo sua autobiografia deixa claro que tinha uma excepcional coragem física natural: mais tarde, sua morte deu uma boa ilustração disso, pois um homem público que desse qualquer valor à própria pele teria sido mais cauteloso. Além disso, parecia não ter nada daquela desconfiança maníaca que, como E.M. Forster bem coloca em *Uma passagem para a Índia*, é o grande defeito indiano, assim como a hipocrisia é o defeito britânico. Embora certamente tivesse perspicácia suficiente para detectar a desonestidade, ele parecia acreditar, sempre que possível, que as outras pessoas agiam de boa-fé e tinham uma faceta melhor por onde era possível abordá-las. E, embora viesse de uma família de classe média baixa, iniciando a vida de maneira pouco promissora e sendo provavelmente dotado de uma aparência física inexpressiva, não era acometido pela inveja nem por qualquer sentimento de inferioridade. Na primeira vez em que se deparou com a questão racial em sua pior forma na África do Sul, parece ter-se espantado. Mesmo quando estava travando o que de fato era uma guerra racial, ele não pensava nas pessoas em termos de raça ou de posição social. Um governador de província, um milionário do setor têxtil, um cule dravidiano quase morto de fome, um soldado raso britânico, todos eram igualmente seres humanos que mereciam ser tratados de maneira semelhante. É de se notar que, mesmo nas piores circunstâncias possíveis, como na África do Sul, quando Gandhi estava se tornando impopular como paladino da comunidade indiana, não lhe faltavam amigos europeus.

  Escrita em trechos curtos para ser serializada na imprensa, a autobiografia não é uma obra-prima literária, mas se torna ainda mais marcante por causa dos elementos corriqueiros de boa parte do material. Vale lembrar que Gandhi começou com as ambições normais de um jovem estudante indiano e só veio a adotar suas opiniões extremistas de maneira gradual e, em alguns casos, a contragosto. É interessante saber que houve uma época em que ele usava cartola, fazia aulas de dança, estudava francês e latim, subiu a Torre Eiffel e até tentou aprender violino – era a ideia de assimilar a civilização europeia da maneira mais completa possível. Não era um daqueles santos que desde a infância se destacam por uma enorme devoção, nem daqueles que se retiram do mundo após uma vida de espetacular devassidão. Ele faz uma confissão completa de suas transgressões de juventude, mas, na verdade, não havia muito o que confessar. No frontispício do livro, consta uma fotografia dos pertences de Gandhi na época de sua morte. Daria para comprar todas as suas peças de roupa por umas 5 libras, e seus pecados, pelo menos os carnais, se os amontoássemos numa pilha, formariam uma imagem bastante parecida. Alguns cigarros, alguns bocados de carne, algumas moedinhas surripiadas da empregada, duas visitas a um bordel (e nas duas vezes foi embora "sem fazer nada"), um descuido a que escapou por pouco com a dona da casa onde morava em Plymouth, um rompante de raiva – o total é mais ou menos esse. Praticamente desde a infância, ele tinha uma profunda seriedade, uma atitude mais ética do que religiosa, mas, até perto dos 30 anos, nenhum rumo muito claro. Seu primeiro ingresso em algo que se poderia considerar como vida pública se deu pelo vegetarianismo. Por trás de suas qualidades menos usuais, sente-se o tempo todo a herança dos negociantes de sólida classe média que foram seus antepassados. Sente-se que, mesmo depois de abandonar ambições pessoais, seria um advogado cheio de energia e iniciativa, um organizador político pragmático, cioso em conter as despesas, um hábil coordenador de comitês e infatigável angariador de assinaturas. Tinha um caráter com uma mescla extraordinária de diversas facetas, mas quase nada que se pudesse apontar como ruim, e creio que mesmo os maiores inimigos de Gandhi admitiriam que ele era um homem interessante e invulgar que enriquecia o mundo pelo mero fato de existir. Agora, se era também um homem que inspirava afeto e se seus ensinamentos são de valia para os que não aceitam as crenças religiosas em que se baseiam são coisas sobre as quais nunca tive plena certeza.

Nos últimos anos, tornou-se moda falar em Gandhi como se fosse não só simpático ao movimento de esquerda do Ocidente, mas fizesse parte integrante dele. Anarquistas e pacifistas, em especial, reivindicam-no como um dos seus, apontando apenas que ele se opunha ao centralismo e à violência de Estado e ignorando as tendências supraterrenas e anti-humanistas de suas doutrinas. Mas, a meu ver, seria preciso entender que os ensinamentos de Gandhi não se enquadram na crença de que o Homem é a medida de todas as coisas, e que nossa tarefa é tornar a vida digna de ser vivida nessa terra, que é a única terra que temos. Os ensinamentos de Gandhi só fazem sentido partindo do pressuposto de que Deus existe e que o mundo dos objetos concretos é uma ilusão a que se deve escapar. Vale a pena examinar as disciplinas que Gandhi impunha a si mesmo e que – mesmo não insistindo que todos os seus seguidores observassem todos os detalhes – considerava indispensáveis caso se quisesse servir a Deus ou à humanidade. Em primeiro lugar, não comer carne e, se possível, nenhum alimento de origem animal sob forma alguma. (Por questão de saúde, Gandhi pessoalmente teve de transigir em relação ao leite, mas parece que sentia isso como um retrocesso.) Nada de álcool e fumo, nada de temperos e condimentos, nem mesmo de origem vegetal, visto que o alimento devia ser consumido não como fim em si, mas apenas para preservar a energia da pessoa. Em segundo lugar, nenhum intercurso sexual. Se fosse indispensável, seria apenas com a finalidade exclusiva de gerar filhos e, presumivelmente, a longos intervalos. O próprio Gandhi, com cerca de 35 anos, fez o voto de *brahmacharya*, que significa não só a total castidade, mas também a eliminação do desejo sexual. Ao que parece, é uma condição difícil de se alcançar sem uma dieta especial e jejuns frequentes. Um dos perigos de tomar leite é que ele pode despertar o desejo sexual. E por fim – este é o ponto central – quem busca o bem não pode ter nenhuma amizade próxima e nenhum amor exclusivo.

As amizades próximas, diz Gandhi, são perigosas porque "amigos reagem uns aos outros" e a pessoa pode ser levada a agir mal por lealdade a um amigo. Isso, sem dúvida, é verdade. Ademais, se se deve amar a Deus ou à humanidade como um todo, não se pode dar preferência a nenhuma pessoa individual. Isso também é verdade, e marca o ponto em que se torna impossível reconciliar a atitude humanista e a atitude religiosa. Para um ser humano comum, o amor, se não significa amar mais algumas pessoas do que outras, não significa nada. A autobiografia não deixa muito claro se Gandhi tratava a esposa e os filhos com indiferença, mas, em todo caso, deixa claro que, por três vezes, esteve disposto a deixar que a esposa ou um filho morresse, de preferência a ministrar o alimento de origem animal receitado pelo médico. É verdade que o risco de morrerem não se consumou e também que, em todas as vezes, Gandhi ofereceu ao paciente – com uma boa dose, depreende-se, de pressão moral em sentido contrário – a opção de permanecer vivo ao preço de cometer um pecado; apesar disso, se a decisão dependesse exclusivamente dele, teria proibido o alimento de origem animal, quaisquer que fossem os riscos. Deve haver, diz ele, um limite ao que faremos a fim de continuar vivos, e esse limite está do lado de cá da canja de galinha. Essa atitude talvez seja nobre, mas, no sentido que – penso eu – a maioria das pessoas daria ao termo, é inumana. A essência de ser humano é que a pessoa não busca a perfeição, às vezes ela se dispõe a pecar por uma questão de lealdade, não leva o ascetismo ao ponto de impossibilitar um intercurso prazeroso e está preparada no final para ser derrotada e destroçada pela vida, que é o preço inevitável de dedicar seu amor a outros indivíduos humanos. Claro que o álcool, o tabaco etc. são coisas que um santo deve evitar, mas a santidade também é uma coisa que os seres humanos devem evitar. Existe uma réplica óbvia a isso, mas é preciso ter cautela ao fazê-la. Nessa época cheia de iogues, supõe-se com demasiada rapidez não só que o "desapego" é melhor do que uma plena aceitação da vida terrena, mas também que o homem comum só o rejeita porque é difícil demais: em outras palavras, o ser humano médio é um santo falhado. Cabem dúvidas quanto a isso. Muitos realmente não querem ser santos, e é provável que alguns que aspiram ou chegam à santidade nunca tenham sentido uma grande tentação de ser seres humanos. Creio que, caso se buscassem as raízes psicológicas disso, iria se descobrir que o principal motivo do "desapego" é o desejo de escapar à dor de viver e, acima de tudo, ao amor, o qual, sexual ou não, é muito trabalhoso. Mas aqui não há necessidade de discutir qual ideal, o supraterreno ou o humanista, é "mais elevado". A questão é que são incompatíveis. É preciso escolher entre Deus e o Homem, e todos os "radicais" e "progressistas", do mais brando liberal ao mais extremado anarquista, de fato escolheram o Homem.

No entanto, até certo ponto é possível separar o pacifismo de Gandhi de seus outros ensinamentos. O motivo de seu pacifismo era religioso, mas ele também afirmava que era uma técnica definitiva, um método, capaz de gerar resultados políticos desejados. Sua atitude não era a da maioria dos pacifistas ocidentais. O *Satyagraha*, desenvolvido inicialmente na África do Sul, era uma espécie de guerra não violenta, uma forma de derrotar o inimigo sem o ferir e sem sentir nem despertar ódio. Incluía coisas como a desobediência civil, greves, deitar-se na frente de trens, enfrentar investidas policiais sem fugir e sem revidar, e coisas similares. Gandhi tinha objeções à expressão "resistência passiva" como tradução de *Satyagraha*: em gujarati, ao que parece, o termo significa "firmeza na verdade". Em seus primeiros tempos, Gandhi foi carregador de macas no lado britânico durante a Guerra dos Bôeres, e estava disposto a fazer o mesmo na guerra de 1914-18. Mesmo depois de ter abjurado totalmente da violência, tinha honestidade suficiente para ver que, numa guerra, geralmente é preciso tomar partido por um dos lados. Ele não adotou – na verdade, visto que toda a sua vida política se concentrou numa luta pela independência nacional, nem poderia adotar – a posição estéril e desonesta de fazer de conta que os dois lados de toda guerra são idênticos e não faz diferença quem vença. E, ao contrário da maioria dos pacifistas ocidentais, tampouco se especializou em fugir a perguntas incômodas. Em relação à última guerra, uma pergunta a que todo pacifista tinha clara obrigação de responder era: "E os judeus? Você está preparado para ver o extermínio deles? Se não estiver, qual é sua proposta para salvá-los sem recorrer à guerra?". Devo dizer que nunca ouvi de qualquer pacifista ocidental uma resposta honesta a essa pergunta, mas ouvi inúmeras esquivas, geralmente do tipo "até você!". Acontece que fizeram uma pergunta bastante parecida a Gandhi em 1938, e sua resposta está em *Gandhi and Stalin*, de Louis Fischer. Segundo Fischer, a posição de Gandhi era a de que os judeus alemães deviam cometer suicídio coletivo, o que "despertaria o mundo e o povo da Alemanha para a violência de Hitler". Depois da guerra, ele se justificou: os judeus, de toda maneira, tinham sido mortos, e mais valeria que tivessem morrido de uma maneira que causasse um impacto significativo. Tem-se a impressão de que essa atitude abalou até um admirador tão caloroso quanto Fischer, mas Gandhi estava simplesmente sendo honesto. Se a pessoa não está preparada para tirar a própria vida, muitas vezes é preciso estar preparada para que se percam vidas de outra maneira. Quando insistiu na resistência não violenta a uma invasão japonesa, em 1942, ele prontamente admitiu que isso poderia resultar em vários milhões de mortes.

Ao mesmo tempo, há razões para pensar que Gandhi, que afinal nascera em 1869, não entendia a natureza do totalitarismo e via tudo nos termos de sua própria luta contra o governo britânico. O aspecto importante, aqui, não é tanto que os britânicos o tratassem com tolerância, mas sim que ele sempre conseguia atrair publicidade. Como se pode ver pela frase citada acima, ele acreditava em "despertar o mundo", o que só é possível se o mundo tem ocasião de saber o que a pessoa está fazendo. É difícil ver como seria possível aplicar os métodos de Gandhi num país onde os adversários do regime desaparecem no meio da noite e nunca mais se ouve falar neles. Sem uma imprensa livre e sem o direito de reunião, é impossível não só apelar à opinião externa, mas criar um movimento de massas ou sequer fazer suas intenções chegarem aos ouvidos do adversário. Existe um Gandhi na Rússia, nesse momento? E, se existe, o que ele está realizando? As massas russas só poderiam praticar a desobediência civil se a mesma ideia ocorresse simultaneamente a todos, e ainda assim, a julgar pela história da fome na Ucrânia, não faria diferença alguma. Mas suponhamos que a resistência não violenta possa ser eficaz contra o governo do país ou contra uma potência ocupante: mesmo aí, como é possível pô-la em prática internacionalmente? As várias declarações conflitantes de Gandhi sobre a última guerra parecem mostrar que ele percebeu a dificuldade aí presente. Aplicado à política externa, o pacifismo ou deixa de ser pacifista ou transige nas concessões. Ademais, a suposição, que tão bem serviu a Gandhi para lidar com as pessoas, de que todos os seres humanos são mais ou menos acessíveis e responderão bem a um gesto generoso, requer um sério questionamento. Não é necessariamente verdade, por exemplo, quando se lida com lunáticos. Então a pergunta passa a ser: quem é são? Hitler era são? E não é possível que uma cultura inteira seja insana pelos critérios de uma outra? E, até onde é possível avaliar os sentimentos de nações inteiras, existe alguma ligação visível entre um ato generoso e uma reação amistosa? A gratidão é um fator na política internacional?

Essas e outras questões similares exigem discussão, e discussão urgente, nesses poucos anos que nos restam antes que alguém aperte o botão e lance os foguetes. É de se duvidar que a civilização consiga suportar outra grande guerra e é possível pelo menos imaginar que a saída passa pela não violência. É mérito de Gandhi que ele se dispusesse a considerar seriamente o tipo de questão que coloquei acima; na verdade, é provável que ele tenha abordado efetivamente a maioria dessas questões em algum de seus inúmeros artigos de jornal. Percebe-se que havia muitas coisas que Gandhi não entendia, mas não que houvesse algo que ele tivesse medo de dizer ou de pensar. Nunca consegui gostar muito de Gandhi, mas não tenho certeza se, como pensador político, ele estava essencialmente errado, nem acredito que tenha malogrado na vida. É curioso que, após seu assassinato, muitos de seus mais ardorosos admiradores tenham lamentado que ele vivera o suficiente para ver a obra de sua vida em ruínas, pois a Índia estava numa guerra civil que sempre fora prevista como efeito colateral da transferência de poder.

Mas Gandhi não passara a vida tentando apaziguar a rivalidade entre hinduístas e muçulmanos. Seu principal objetivo político, o fim pacífico do domínio britânico, fora alcançado. Como de costume, os fatos correlatos se entrelaçavam. Por um lado, os britânicos realmente deixaram a Índia sem lutar, coisa que pouquíssimos observadores teriam previsto um ano antes. Por outro lado, isso se deu sob um governo trabalhista, e certamente um governo conservador, em especial um governo encabeçado por Churchill, teria agido de outra maneira. Mas se havia na Inglaterra, em 1945, um amplo setor de opinião favorável à independência indiana, até que ponto isso se devia à influência pessoal de Gandhi? E se a Índia e a Inglaterra finalmente estabelecerem uma relação respeitosa e amigável, o que não é impossível, será em parte porque Gandhi, prosseguindo em sua luta com perseverança e sem ódio, clareou a atmosfera política? A simples formulação dessas perguntas já indica sua estatura. Pode-se sentir, como sinto eu, uma espécie de aversão estética por Gandhi, podem-se rejeitar as alegações sobre sua santidade (coisa que, aliás, ele pessoalmente nunca alegou), pode-se também rejeitar a santidade como um ideal e, assim, considerar que os objetivos básicos de Gandhi eram anti-humanistas e reacionários; mas, visto apenas como político e comparado às outras principais figuras políticas de nossa época, que odor de pureza ele conseguiu deixar atrás de si!

Notas sobre o nacionalismo*

Em algum lugar, Byron utiliza a palavra francesa *longueur*** e comenta de passagem que, embora na Inglaterra não tenhamos a *palavra*, temos a *coisa* em grande profusão. Da mesma forma, existe um hábito mental que agora é tão generalizado que afeta nosso pensamento em quase todos os assuntos, mas que ainda não recebeu nome. Como equivalente mais próximo, escolhi a palavra "nacionalismo", mas logo se verá que não a utilizo na acepção corrente, quando menos porque a emoção a que me refiro nem sempre está ligada ao que se chama nação – isto é, uma determinada raça ou uma área geográfica. Ela pode se ligar a uma igreja ou a uma classe, ou pode operar em sentido meramente negativo, *contra* uma coisa ou outra, sem necessidade de um objeto a que se dedique uma lealdade positiva.

Por "nacionalismo" designo, em primeiro lugar, o hábito de supor que os seres humanos podem ser classificados como insetos e que conjuntos inteiros de milhões ou dezenas de milhões de indivíduos podem ser rotulados como "bons" ou "maus".*** Mas, em segundo lugar – e isso é muito mais im-

---
* Publicado na revista britânica *Polemic*, em 1945.
** *Longueur*: texto ou trecho demasiado longo, tedioso e supérfluo. (N.T.)
*** As nações e entidades ainda mais vagas como a Igreja católica ou o proletariado geralmente são pensadas como indivíduos e muitas vezes tratadas no feminino, como "ela". Em qualquer jornal que se abra, encontram-se comentários flagrantemente absurdos, como "a (cont.)

portante –, designo o hábito do indivíduo em se identificar com uma só nação ou qualquer outra unidade, colocando-a acima do bem e do mal e não reconhecendo qualquer dever, a não ser promover os interesses daquela. *Não se deve confundir nacionalismo com patriotismo*. Os dois termos costumam ser usados de maneira tão vaga que qualquer definição está sujeita a contestações, mas é preciso traçar uma distinção entre eles, visto que há aí duas ideias diferentes e até contrárias. Por "patriotismo" entendo a devoção a um determinado lugar e a um determinado modo de vida, que a pessoa considera o melhor do mundo, mas não pretende impô-lo a outros povos. O patriotismo é, por sua própria natureza, defensivo, tanto em termos militares quanto em termos culturais. O nacionalismo, por outro lado, é indissociável do desejo de poder. O objetivo constante de todo nacionalista é obter mais poder e mais prestígio, *não* para si mesmo, mas para a nação ou outra unidade em que ele decidiu ancorar sua individualidade.

Tudo isso, aplicado apenas aos movimentos nacionalistas mais notórios e identificáveis na Alemanha, no Japão e em outros países, é bastante evidente. Diante de um fenômeno como o nazismo, que podemos observar de fora, praticamente todos nós diríamos quase as mesmas coisas sobre ele. Mas aqui repito o que disse acima: estou usando a palavra "nacionalismo" por falta de termo melhor. O nacionalismo, no sentido amplo em que emprego a palavra, inclui movimentos e

---

(cont.) Alemanha é traiçoeira por natureza", e quase todos soltam generalizações impensadas sobre o caráter nacional ("O espanhol é um aristocrata natural" ou "Todo inglês é hipócrita"). De vez em quando, reconhece-se que essas generalizações são infundadas, mas o hábito de fazê-las persiste, e muitas vezes gente de posição dita internacionalista, como Tolstói ou Bernard Shaw, comete esse tipo de coisa.

tendências como o comunismo, o catolicismo político, o sionismo, o antissemitismo, o trotskismo e o pacifismo. Não significa necessariamente lealdade a um governo ou a um país, menos ainda ao país *da própria pessoa*, e nem é estritamente necessário que as unidades designadas tenham existência concreta. Para dar alguns exemplos óbvios, a Judeidade, o Islã, a Cristandade, o Proletariado e a Raça Branca são, todos eles, objetos de um ardoroso sentimento nacionalista; é possível, porém, questionar seriamente a existência deles, e não há nenhuma definição de qualquer um deles capaz de ser universalmente aceita.

Cabe também frisar mais uma vez que o sentimento nacionalista pode ser puramente negativo. Há, por exemplo, os trotskistas que se tornaram simples inimigos da URSS sem criar uma lealdade correspondente a qualquer outra unidade. Quando se captam as implicações disso, a natureza do que entendo por nacionalismo fica bem mais clara. O nacionalista é aquele que pensa apenas ou basicamente em termos de prestígio competitivo. Pode ser um nacionalista positivo ou negativo – isto é, pode usar sua energia mental para enaltecer ou vituperar –, mas, de todo modo, seus pensamentos giram sempre em torno de vitórias, derrotas, triunfos e humilhações. Ele enxerga a história, sobretudo a história contemporânea, como o infindável ciclo de ascensão e declínio de unidades de grande poder, e todo e qualquer acontecimento lhe parece ser uma demonstração de que seu lado está em alta e o rival odiado está em baixa. Mas, por fim, é importante não confundir o nacionalismo com o mero culto ao sucesso. O nacionalista não segue o mero princípio de se juntar ao lado mais forte. Pelo contrário, tendo escolhido seu lado, ele se convence de que esse lado *é* o mais forte, e é capaz de se aferrar a essa sua crença mesmo quando os fatos depõem esmagadoramente contra ele. O nacionalismo é a sede de poder temperada pelo autoengano. Todo nacionalista é capaz da mais flagrante desonestidade, mas tem também – pois pensa servir a algo maior do que ele próprio – a certeza inabalável de estar correto.

Depois de apresentar essa longa definição, creio que se reconhecerá que esse hábito mental de que estou falando está amplamente difundido entre a intelectualidade inglesa, mais difundido do que entre o conjunto das pessoas. Para os que têm grande envolvimento emocional com a política contemporânea, alguns assuntos estão tão contaminados por questões de prestígio que é quase impossível abordá-los de uma maneira realmente racional. Entre as centenas de exemplos possíveis, tome-se a seguinte pergunta: entre os três grandes aliados, a URSS, a Inglaterra e os EUA, qual deu a maior contribuição para a derrota da Alemanha? Teoricamente, deveria ser possível dar uma resposta racional e talvez até conclusiva a essa pergunta. Na prática, porém, não é possível fazer as avaliações necessárias, pois qualquer um que se dispusesse a refletir sobre essa pergunta iria inevitavelmente vê-la em termos de prestígio competitivo. Assim, iria *começar* decidindo a favor da Rússia, da Inglaterra ou dos Estados Unidos, e só *depois* começaria a buscar argumentos que parecessem sustentar sua posição. E há séries inteiras de perguntas similares para as quais só se conseguiria uma resposta honesta por parte de alguém indiferente a todo o assunto em questão, e cuja opinião a respeito provavelmente não teria qualquer valor. Daí, em parte, as surpreendentes falhas nas previsões políticas e militares em nossa época. É curioso pensar que, entre todos os "especialistas" de todas as escolas, não houve um único capaz de antever um acontecimento tão provável quanto o Pacto russo-alemão de 1939.* E quando veio a notícia do Pacto, surgiram as explicações mais desenfreadamente divergentes e fizeram-se previsões que foram desmentidas quase que imediatamente, quase todas baseadas não num estudo das probabilidades, mas no desejo de apresentar uma imagem boa ou má, forte ou fraca da URSS. Os comentaristas políticos ou militares, tal como os astrólogos, conseguem sobreviver praticamente a qualquer erro, porque seus seguidores mais devotados procuram neles não uma avaliação dos fatos e sim o estímulo das lealdades nacionalistas.** E os juízos estéticos, em especial os juízos literários, muitas vezes são corrompidos da mesma forma como se corrompem os juízos políticos. Seria difícil que um nacionalista indiano gostasse de ler Kipling ou que um conservador visse méritos em Maiakóvski, e há sempre a tentação de alegar que qualquer livro com uma tendência da qual se discorda há de ser um livro ruim do ponto

---

* Alguns poucos escritores de tendência conservadora, como Peter Drucker, anteviram um acordo entre a Alemanha e a Rússia, mas esperavam uma aliança ou fusão efetiva, que seria permanente. Nenhum marxista nem qualquer autor de esquerda, de qualquer linha, chegou sequer perto de prever o Pacto.

** Os comentaristas militares da imprensa popular podem, na maioria, ser classificados como pró-russos ou antirrussos, pró-Blimp ou antiBlimp. Erros seus, como crer que a Linha Maginot era inexpugnável ou prever que a Rússia conquistaria a Alemanha em três meses, não abalaram o renome deles porque estavam sempre dizendo o que seu próprio público queria ouvir. Os dois críticos militares preferidos pela intelectualidade são o capitão Liddell Hart e o major-general Fuller, o primeiro professando que a defesa é mais forte do que o ataque e o segundo professando que o ataque é mais forte do que a defesa. Essa contradição não impediu que ambos fossem aceitos como autoridades pelo mesmo público. A razão secreta para estarem em voga na esquerda é que os dois discordam do Ministério da Guerra.

de vista *literário*. Muitas vezes as pessoas de posição firmemente nacionalista fazem essa manipulação sem perceber a desonestidade aí presente.

Na Inglaterra, considerando apenas o número de pessoas envolvidas, é provável que a forma dominante de nacionalismo seja a velha xenofobia britânica. Certamente ainda é muito difundida, e bem mais do que a maioria dos observadores acreditaria uns dez ou doze anos atrás. Nesse ensaio, porém, estou interessado sobretudo nas reações da intelectualidade, para a qual a xenofobia e mesmo o patriotismo da velha escola estão quase mortos, ainda que agora pareçam reviver entre uma minoria. Desnecessário dizer que, entre a intelectualidade, a forma dominante de nacionalismo é o comunismo – utilizando o termo num sentido muito amplo, que inclui não só membros do Partido Comunista, mas também os "companheiros de percurso" e russófilos em geral. Para meu objetivo nesse ensaio, o comunista é aquele que vê a URSS como Solo Pátrio e crê ter o dever de justificar a política russa e promover a todo custo os interesses russos. Hoje, obviamente, há muita gente assim na Inglaterra, com influência direta e indireta muito grande. Mas também vicejam muitas outras formas de nacionalismo, e a melhor maneira de colocar a questão em perspectiva é notando os pontos de semelhança entre correntes de pensamento diversas e até aparentemente opostas.

Dez ou vinte anos atrás, a forma de nacionalismo que mais se aproximava do comunismo atual era o catolicismo político. Seu expoente mais destacado – embora fosse talvez não um caso típico e sim um caso extremo – era G.K. Chesterton. Chesterton era um escritor de considerável talento que decidiu sufocar tanto sua sensibilidade quanto sua honestidade intelectual em favor da causa da propaganda católica apostólica romana. Nos últimos vinte anos de vida, aproximadamente, toda a sua produção foi, na verdade, uma repetição interminável da mesma coisa que, sob sua elaborada engenhosidade, era tão simples e tediosa quanto "Grande é a Diana dos efésios".* Todos os livros, todos os parágrafos, todas as frases, todos os episódios em todas as narrativas, todos os diálogos escritos por ele tinham de demonstrar do modo mais inequívoco possível a superioridade dos católicos sobre os protestantes ou os pagãos. Mas Chesterton não se contentava em julgar essa superioridade meramente intelectual ou espiritual: ela tinha de se traduzir em termos de prestígio e poderio militar nacionais, o que acarretava uma ignorante idealização dos países latinos, em especial a França. Chesterton não morara por muito tempo na França, e a imagem que pintou do país – uma terra de camponeses católicos com um copo de vinho tinto na mão, cantando ininterruptamente a *Marselhesa* – tinha tanta relação com a realidade quanto *Chu Chin Chow*** com a vida cotidiana em Bagdá. E com isso vinha não só uma enorme supervalorização do poder militar francês (tanto antes quanto depois de 1914-18, ele sustentava que a França, por si só, era mais forte do que a Alemanha), mas também uma glorificação tola e vulgar do efetivo processo de uma guerra. Em comparação aos poemas de batalha de Chesterton, como "Lepanto" ou "A balada de Santa Bárbara", *A carga da brigada ligeira*, de Tennyson, fica parecendo um ensaio pacifista. São talvez as coisas mais empoladas e bombásticas que temos em nossa língua. O interessante é que, se outro alguém escrevesse sobre a Inglaterra e o exército britânico a bobajada romântica que ele costumava escrever sobre a França

---
* Atos 19:28. (N.T.)

** Popular comédia musical inglesa do começo do século XX, baseada em *Ali-Babá e os quarenta ladrões*. (N.T.)

e o exército francês, Chesterton seria o primeiro a escarnecer dela. Na política interna, ele era um *Little Englander*, um liberal antiexpansionista, genuinamente avesso à xenofobia e ao imperialismo, e, a seus próprios olhos, um verdadeiro amigo da democracia. No entanto, quando olhava o campo internacional, abandonava seus princípios sem nem perceber. Assim, sua crença quase mística nas virtudes da democracia não o impediu de admirar Mussolini. Mussolini destruíra o governo representativo e a liberdade de imprensa que Chesterton defendera tão encarniçadamente na Inglaterra, mas Mussolini era um italiano, fortalecera a Itália e isso encerrava o assunto. Ademais, Chesterton nunca pronunciou uma única palavra sobre o imperialismo e a conquista de povos de outra raça, quando se davam por obra de italianos ou franceses. Sua percepção da realidade, seu gosto literário e até, em certa medida, seu senso moral sofriam um deslocamento no instante em que suas lealdades nacionalistas entravam em pauta.

Existem, evidentemente, semelhanças significativas entre o catolicismo político, exemplificado por Chesterton, e o comunismo. E também existem entre qualquer um desses dois e, por exemplo, o nacionalismo escocês, o sionismo, o antissemitismo ou o trotskismo. Seria simplista demais dizer que todas as formas de nacionalismo são iguais, inclusive em seu clima mental, mas há certas regras que valem para todos os casos. Eis as principais características do pensamento nacionalista:

Obsessão. Tanto quanto possível, nenhum nacionalista jamais pensa, fala ou escreve sobre qualquer coisa que não seja a superioridade de sua unidade de poder. É difícil, se não impossível, que um nacionalista esconda suas lealdades. A mais leve crítica à sua unidade ou qualquer elogio implícito a uma organização rival lhe causa um tal incômodo que só consegue se aliviar soltando alguma réplica incisiva. Se a unidade escolhida é um país existente, como a Irlanda ou a Índia, geralmente ele sustentará sua superioridade não só no poderio militar e na virtude política, mas também na arte, na literatura, nos esportes, na estrutura da língua, na beleza física de seus habitantes e talvez até no clima, na paisagem e na culinária. Mostrará grande suscetibilidade a coisas como a apresentação correta das bandeiras, o tamanho respectivo das manchetes e a ordem em que são nomeados os diversos países.* A nomenclatura desempenha um papel muito importante no pensamento nacionalista. Os países que conquistaram sua independência ou passaram por uma revolução nacionalista geralmente mudam de nome, e qualquer país ou outra unidade cercada por sentimentos intensos terá provavelmente vários nomes, cada um com uma conotação diferente. Os dois lados da Guerra Civil espanhola tinham, somados, uns nove ou dez nomes expressando graus diversos de amor e ódio. Alguns desses nomes (p.ex., "Patriotas" para os apoiadores de Franco ou "Legalistas" para os apoiadores do governo) eram francamente falaciosos, e não havia nenhum nome que as duas facções rivais concordassem em usar. Todos os nacionalistas consideram que é dever seu difundir sua própria linguagem em detrimento de linguagens rivais; entre os anglófonos, esse conflito ressurge em forma mais sutil como uma luta entre dialetos. Os americanos anglófobos se recusarão a usar uma gíria se souberem que é de origem britânica, e o conflito entre os latinizantes e os germanizantes muitas vezes tem motivos nacionalistas por trás de si. Os nacionalistas escoceses insistem na superioridade dos escoceses das Terras Baixas, e os

---

* Alguns americanos se mostraram insatisfeitos com "anglo-americano", que é a forma habitual de combinação dessas duas palavras. Propôs-se que fosse substituída por "américo-britânico".

socialistas cujo nacionalismo assume a forma de ódio de classe ridicularizam a pronúncia do chamado "inglês da BBC" ou "inglês da Rainha" e até o "*A* longo" do sul. Poderíamos multiplicar os exemplos. O pensamento nacionalista muitas vezes dá a impressão de vir tingido pela crença na magia simpática – crença que provavelmente se mostra no costume generalizado de queimar os inimigos políticos em efígie e ou de usar retratos seus como alvo nas galerias de tiros.

Instabilidade. A intensidade com que se abraçam lealdades nacionalistas não impede que possam ser transferidas. Para começar, como já assinalei, elas podem estar e frequentemente estão ligadas a um país estrangeiro. É muito comum descobrir que grandes líderes nacionais ou fundadores de movimentos nacionalistas nem pertencem ao país que glorificam. Às vezes são totalmente estrangeiros ou, com mais frequência, vêm de áreas periféricas de nacionalidade dúbia. Exemplos: Stálin, Hitler, De Valera, Disraeli, Poincaré, Beaverbrook. O movimento pangermânico foi, em parte, criação de um inglês, Houston Chamberlain. Nos últimos cinquenta ou cem anos, esse nacionalismo por transferência tem sido um fenômeno comum entre intelectuais literários. Com Lafcadio Hearne, a transferência se deu para o Japão; com Carlyle e muitos outros de sua época, deu-se para a Alemanha; em nossa época, geralmente se dá para a Rússia. Mas o fato especialmente interessante é que a *re*transferência também é possível. Um país ou outra unidade que foi cultuada durante anos pode de repente se tornar detestável, e seu lugar pode ser tomado quase imediatamente por outro objeto de afeto. H.G. Wells, na primeira versão da *História universal* e em outros escritos da mesma época, tece aos Estados Unidos louvores quase tão extravagantes quanto os elogios atuais dos comunistas à Rússia; todavia, essa admiração acrítica se converteu, poucos anos depois, em hostilidade. O comunista fanático que, em questão de semanas ou mesmo de dias, se transforma num trotskista igualmente fanático é uma ocorrência bastante comum. Na Europa continental, os movimentos fascistas foram em larga medida recrutados entre comunistas, e nos próximos anos pode muito bem vir a ocorrer o processo inverso. O que se mantém constante no nacionalista é o estado mental: o objeto de seus sentimentos é mutável e pode ser imaginário.

Mas, para um intelectual, a transferência tem uma função importante, que já mencionei brevemente em relação a Chesterton. Ela lhe permite ser muito *mais* nacionalista – mais vulgar, mais tolo, mais maligno, mais desonesto – do que jamais seria em relação a seu país natal ou a qualquer unidade que conheça realmente. Quando se vê a bobajada servil ou fanfarrona sobre Stálin, o Exército Vermelho etc., escrita por gente bastante perspicaz e inteligente, entende-se que isso só é possível porque ocorreu algum tipo de deslocamento. Em sociedades como a nossa, é raro que alguém que possa ser descrito como intelectual sinta um apego muito profundo por seu país. A opinião pública – isto é, a parcela da opinião pública que ele, enquanto intelectual, conhece – não lhe permite isso. Está cercado por pessoas que, na maioria, se mostram céticas e insatisfeitas, e ele pode adotar a mesma atitude por espírito de imitação ou simples covardia: nesse caso, abandonará a forma de nacionalismo que lhe está mais próxima, sem se aproximar minimamente de uma genuína perspectiva internacionalista. Ainda sente a necessidade de um Solo Pátrio, e é natural procurá-lo no exterior. Encontrando-o, pode se espojar freneticamente naquelas mesmas emoções das quais se julga livre. Deus, o Rei, o Império, o Reino Unido – todos os ídolos derrubados podem ressurgir sob outros nomes e, como não são reconhecidos pelo que são, podem ser cultuados com a consciência em paz. O nacionalismo por transferência, tal como o uso dos bodes expiatórios, é um caminho para alcançar a salvação sem alterar a conduta do indivíduo.

Indiferença pela realidade. Todos os nacionalistas têm a capacidade de não enxergar semelhanças entre conjuntos de fatos parecidos. Um *tory* britânico defenderá a autodeterminação na Europa e se oporá a ela na Índia, sem ver aí qualquer incoerência. As ações são consideradas boas ou más não por seus próprios méritos, mas dependendo de quem as pratica, e não existe praticamente nenhuma atrocidade – tortura, uso de reféns, trabalho forçado, deportação em massa, prisão sem julgamento, falsificação, assassinato, bombardeamento de civis – que não mude de teor moral quando é cometida por "nosso" lado. O jornal liberal *News Chronicle* publicou, como um exemplo de chocante barbaridade, fotos de russos enforcados pelos alemães e, um ou dois anos depois, publicou com calorosa aprovação fotos quase idênticas de alemães enforcados pelos russos.* O mesmo se passa com fatos históricos. A história é em larga medida pensada em termos nacionalistas, e coisas como a Inquisição, as torturas da Câmara Estrelada, as proezas dos bucaneiros ingleses (*sir* Francis Drake, por exemplo, que costumava afogar vivos os prisioneiros espanhóis), o Reinado do Terror, os heróis da Rebelião Indiana disparando centenas de indianos pelas bocas dos canhões, ou os soldados de Cromwell cortando a navalhadas o rosto das irlandesas, se tornam

---

* O *News Chronicle* recomendou aos leitores que assistissem ao documentário, em que poderiam acompanhar a execução completa, com close-ups. O Star publicou, parecendo aprová-las, fotos de mulheres colaboracionistas quase nuas sendo insultadas pela multidão parisiense. Essas fotos guardavam grande semelhança com as fotos nazistas de judeus insultados pela multidão berlinense.

moralmente neutras ou mesmo meritórias quando se crê que foram praticadas pela causa "correta". Se olharmos os últimos 25 anos, veremos que raramente se passou um ano sem notícias de atrocidades cometidas em algum lugar do mundo; apesar disso, nem por uma única vez essas atrocidades – na Espanha, na Rússia, na China, na Hungria, no México, em Amritsar, em Esmirna – foram levadas a sério e reprovadas pela intelectualidade inglesa como um todo. Era sempre por preferência política que se decidia se tais atos eram censuráveis ou mesmo se haviam ocorrido.

O nacionalista não só não reprova as atrocidades cometidas por seu lado, como também possui uma admirável capacidade de nem sequer ficar sabendo delas. Durante seis anos inteiros, os admiradores ingleses de Hitler se empenharam em ignorar a existência de Dachau e Buchenwald. E os que mais vivamente denunciam os campos de concentração alemães muitas vezes não têm ideia, ou têm apenas uma vaguíssima ideia, de que também existem campos de concentração na Rússia. Eventos colossais como a fome ucraniana de 1933, envolvendo a morte de milhões de pessoas, realmente escapam à atenção da maioria dos russófilos ingleses. Muitos ingleses não ouviram falar praticamente nada sobre o extermínio dos judeus alemães e poloneses durante a guerra atual. O próprio antissemitismo deles expulsou esse imenso crime de suas consciências. No pensamento nacionalista, há fatos que são ao mesmo tempo verídicos e inverídicos, conhecidos e desconhecidos. Um fato conhecido pode ser tão intolerável que normalmente é afastado e impedido de ingressar nos processos lógicos ou, por outro lado, pode ingressar em todos os raciocínios sem, porém, que a pessoa o reconheça sequer mentalmente como um fato.

Todo nacionalista alimenta a crença de que o passado pode ser alterado. Ele passa uma parte do tempo num mundo de fantasia, onde as coisas acontecem como deveriam – onde, por exemplo, a Armada espanhola conseguiu seu intento ou a Revolução russa foi esmagada em 1918 –, e transferirá, sempre que possível, fragmentos desse mundo para os livros de história. Os textos de propaganda de nossa época são, em boa parte, puras falsificações. Os fatos concretos são eliminados, as datas alteradas, as citações retiradas do contexto e adulteradas a fim de mudar o sentido delas. Os eventos tidos como inconvenientes e que não deveriam ter acontecido não são mencionados e, ao fim e ao cabo, são negados.* Em 1927, Chiang Kai-Shek atirou centenas de comunistas vivos à água fervente e, apesar disso, dez anos depois tornou-se um dos heróis da esquerda. Com o realinhamento da política mundial, ele passara para o campo antifascista e, com isso, considerou-se que ferver comunistas "não vinha ao caso" ou talvez nem tivesse acontecido. O objetivo básico da propaganda é, claro, influenciar a opinião contemporânea, mas os que reescrevem a história podem de fato acreditar, numa parte do cérebro, que estão registrando fatos efetivamente ocorridos no passado. Quando vemos as elaboradas falsificações que foram perpetradas a fim de mostrar que Trótski não teve papel importante na guerra civil russa, é difícil crer que as pessoas responsáveis estão simplesmente mentindo. O mais provável é pensarem que sua versão *foi mesmo* o que aconteceu aos olhos de Deus e que estão justificados em fazer as devidas correções nos registros documentais.

A indiferença à verdade objetiva ganha impulso com o isolamento entre uma e outra parte do mundo, o que dificulta cada vez

---

* Um exemplo é o pacto russo-alemão, que está sendo apagado da memória pública com a máxima rapidez possível. Um correspondente russo me informa que os anuários russos, que registram os acontecimentos políticos recentes, já estão omitindo referências ao Pacto.

mais descobrir o que está realmente acontecendo. Por exemplo, é difícil calcular quantos milhões e talvez dezenas de milhões de mortes foram causados pela guerra atual. As calamidades constantemente divulgadas – batalhas, massacres, fomes, revoluções – tendem a despertar no indivíduo médio uma sensação de irrealidade. Não há como comprovar os fatos, não é possível sequer ter plena certeza de que ocorreram e há sempre várias interpretações totalmente díspares provenientes de fontes diversas. Quais foram os erros e acertos da revolta de Varsóvia em agosto de 1944? É verdade a história dos fornos alemães na Polônia? Quem é o efetivo responsável pela fome em Bengala? Provavelmente é possível descobrir a verdade, mas os fatos serão apresentados em quase todos os jornais de maneira tão desonesta que o leitor comum estará perdoado por engolir as mentiras ou por não formar opinião. Com a incerteza geral sobre o que está realmente acontecendo, fica mais fácil aderir a crenças malucas. Como nunca se comprova nem se desmente por completo coisa alguma, é possível negar despudoradamente os mais inequívocos fatos. Além disso, o nacionalista, embora esteja sempre pensando no poder, em vitórias, derrotas e vinganças, geralmente não se interessa muito pelo que acontece no mundo real. O que ele quer é *sentir* que sua unidade está prevalecendo sobre alguma outra unidade, o que é mais fácil desqualificando o adversário do que examinando os fatos para ver se lhe servem de base. Todas as controvérsias nacionalistas estão no nível de um seminário de debates. São sempre totalmente inconclusivas, visto que cada participante sempre acredita que foi ele quem venceu a discussão. Alguns nacionalistas não estão muito longe da esquizofrenia, vivendo muito felizes entre sonhos de poder e conquista sem qualquer ligação com o mundo concreto.

Examinei da melhor maneira que me é possível os hábitos mentais comuns a todas as formas de nacionalismo. O próximo passo é classificar essas formas, mas evidentemente é impossível fazer uma classificação exaustiva. O nacionalismo é um objeto enorme. O mundo é atormentado por inúmeros delírios e ódios que se entrecruzam de forma extremamente complexa, e alguns dos mais sinistros ainda não se incutiram na consciência europeia. Nesse ensaio, trato do nacionalismo tal como se dá entre os intelectuais ingleses. No caso deles, muito mais do que no caso dos ingleses comuns, esse nacionalismo não se confunde com o patriotismo e, assim, pode ser estudado em sua forma pura. Arrolo a seguir as variedades de nacionalismo que agora florescem entre os intelectuais ingleses, com os comentários que parecem se fazer necessários. Será útil usar três rubricas, Positivo, por Transferência e Negativo, embora algumas variedades recaiam em mais de uma categoria.

Nacionalismo positivo

1. *Neotoryismo.* Exemplificado por indivíduos como lorde Elton, A.P. Herbert, G.M. Young, professor Pickthorn, pela bibliografia do Comitê de Reforma *tory* e por revistas como *New English Review* e *Nineteenth Century and After*. A verdadeira força motriz do *neotoryismo*, que lhe confere seu caráter nacionalista e o diferencia do conservadorismo usual, é o desejo de não reconhecer o declínio da influência e do poder britânicos. Mesmo os que são realistas o suficiente para ver que a posição militar da Inglaterra não é mais o que era, tendem a alegar que as "ideias inglesas" (geralmente sem as definir) devem dominar o mundo. Todos os *neotories* são antirrussos, mas às vezes a ênfase principal é antiamericana. O mais significativo é que essa escola de pensamento

parece estar ganhando terreno entre intelectuais relativamente jovens, às vezes ex-comunistas, que passaram pelo usual processo de desilusão e se decepcionaram com isso. Uma figura bastante comum é o anglófobo que de repente se torna virulentamente pró-britânico. Os escritores que ilustram essa tendência são F.A. Voigt, Malcolm Muggeridge, Evelyn Waugh e Hugh Kingsmill, e se pode observar um desenvolvimento semelhante em T.S. Eliot, Wyndham Lewis e vários seguidores de ambos.

2. *Nacionalismo celta*. O nacionalismo galês, o irlandês e o escocês apresentam diferenças, mas são similares na posição anti-inglesa. Há integrantes dos três movimentos que se opõem à guerra, ao mesmo tempo continuando a se dizer pró-russos, e há um segmento maluco que chega a se declarar ao mesmo tempo pró-russo e pró-nazista. Mas o nacionalismo celta não é igual à anglofobia. Sua força motriz é uma crença na grandeza passada e futura dos povos celtas, e tem fortes laivos de racialismo. O celta é tido como espiritualmente superior ao saxão – mais simples, mais criativo, menos vulgar, menos esnobe etc. –, mas a usual sede de poder está ali, à flor da pele. Um de seus sintomas é a ilusão delirante de que o Eire, a Escócia ou mesmo Gales é capaz de preservar sua independência por si só e não deve nada à proteção britânica. Entre os escritores, Hugh McDiarmid e Sean O'Casey são bons exemplos dessa escola de pensamento. Nenhum escritor moderno, mesmo aqueles da estatura de Yeats ou de Joyce, está totalmente isento de traços nacionalistas.

3. *Sionismo*. Este tem as características próprias de um movimento nacionalista, mas a variante americana parece ser mais violenta e mais virulenta do que a britânica. Classifico-o sob a rubrica do Nacionalismo Direto e não sob a do Nacionalismo por

Transferência porque ele floresce quase exclusivamente entre os próprios judeus. Na Inglaterra, por várias razões um tanto incongruentes, os intelectuais são na maioria pró-judeus na questão palestina, mas não sentem um envolvimento muito grande a esse respeito. Todos os ingleses de boa vontade também são pró-judeus no sentido de desaprovarem a perseguição nazista. Mas dificilmente se encontra entre os gentios qualquer lealdade nacionalista efetiva ou uma crença na superioridade inata dos judeus.

Nacionalismo por transferência

1. *Comunismo*

2. *Catolicismo político*

3. *Sentimento de cor.* A velha atitude de desprezo pelos "nativos" vem enfraquecendo muito na Inglaterra, e várias teorias pseudocientíficas ressaltando a superioridade da raça branca foram abandonadas.* Entre a intelectualidade, o sentimento racial só ocorre por transposição, isto é, como crença na superioridade das raças de cor. Isso tem sido cada vez mais frequente entre os

---

* Um bom exemplo é a superstição em torno da insolação. Até data recente, acreditava-se que as raças brancas eram muito mais sujeitas a insolações do que as raças de cor, e que um branco não estaria em segurança se andasse ao sol tropical sem um capacete de safári. Não havia qualquer coisa que provasse essa teoria, mas ela servia para acentuar a diferença entre "nativos" e europeus. Na guerra atual, essa teoria foi discretamente abandonada e exércitos inteiros fazem suas manobras nos trópicos sem capacete de safári. Enquanto existiu a superstição da insolação, os médicos ingleses na Índia pareciam acreditar nela com a mesma convicção dos leigos.

intelectuais ingleses, provavelmente resultando mais do masoquismo e da frustração sexual do que do contato com os movimentos nacionalistas negros e orientais. Mesmo entre os que não sentem grande envolvimento na questão racial, o esnobismo e a imitação exercem forte influência. Quase todos os intelectuais ingleses ficariam escandalizados à afirmação de que as raças brancas são superiores às de cor, ao passo que a afirmação contrária lhes pareceria normal, mesmo que discordassem dela. O apego nacionalista às raças de cor geralmente vem mesclado à crença de que elas têm uma vida sexual superior e existe uma ampla mitologia sobre as façanhas sexuais dos povos negros.

4. *Sentimento de classe*. Entre os intelectuais de classe média e classe alta, somente por transposição, isto é, como crença na superioridade do proletariado. Também nesse caso, dentro da intelectualidade, a pressão da opinião pública é esmagadora. A lealdade nacionalista em relação ao proletariado e um terrível ódio teórico à burguesia podem coexistir e muitas vezes coexistem com o esnobismo costumeiro no cotidiano.

5. *Pacifismo*. Os pacifistas, na maioria, ou fazem parte de obscuras seitas religiosas ou são simplesmente humanitaristas que se opõem a tirar a vida e preferem não avançar em seus raciocínios para além desse ponto. Mas existe uma minoria de pacifistas intelectuais cujo verdadeiro motivo, embora não declarado, aparenta ser o ódio pela democracia ocidental e a admiração pelo totalitarismo. A propaganda pacifista normalmente se resume a dizer que um lado é tão ruim quanto o outro, mas, se observamos com atenção os escritos de pacifistas intelectuais mais jovens, vemos que suas críticas não são de forma alguma imparciais, mas se dirigem quase exclusivamente à Inglaterra

e aos Estados Unidos. Além disso, de hábito não condenam a violência em si, mas somente a violência utilizada na defesa dos países ocidentais. Os russos, ao contrário dos britânicos, não são censurados por se defender por meios bélicos; com efeito, toda a propaganda pacifista desse gênero evita mencionar a Rússia e a China. Tampouco alegam que os indianos deveriam renunciar à violência em sua luta contra os britânicos. Na bibliografia pacifista proliferam comentários ambíguos que, se significam alguma coisa, parecem sustentar que estadistas como Hitler são preferíveis a estadistas como Churchill, e que a violência talvez seja justificável se for suficientemente violenta. Após a queda da França, a maioria dos pacifistas franceses, perante uma escolha concreta que seus colegas ingleses não precisaram fazer, se passaram para o lado dos nazistas, e na Inglaterra, ao que parece, houve uma certa sobreposição entre os integrantes da União de Compromisso com a Paz [Peace Pledge Union] e os Camisas Negras. Autores pacifistas escrevem louvando Carlyle, um dos pais intelectuais do fascismo. De modo geral, é difícil evitar a impressão de que o pacifismo, tal como se apresenta num setor da intelectualidade, é secretamente inspirado pela admiração ao poder e à crueldade bem-sucedida. Cometeu-se o erro de vincular essa emoção a Hitler, mas seria fácil retransferi-la.

Nacionalismo negativo

1. *Anglofobia.* Entre a intelectualidade, é mais ou menos obrigatório sustentar uma posição desdenhosa e levemente hostil em relação à Inglaterra, mas em muitos casos é uma emoção genuína. Durante a guerra, ela se manifestou no derrotismo da intelectualidade, que persistiu por muito tempo depois de se ter evidenciado que os países do Eixo não venceriam. Muita

gente ficou explicitamente contente quando Singapura caiu ou quando os britânicos foram expulsos da Grécia, e havia uma notável má vontade em acreditar nas boas notícias, p.ex. El Alamein ou o número de aviões alemães derrubados na Batalha da Grã-Bretanha. É claro que os intelectuais de esquerda ingleses não queriam que os alemães ou os japoneses vencessem a guerra, mas muitos deles não deixaram de sentir um certo prazer em ver seu próprio país humilhado e queriam sentir que a vitória final se deveria à Rússia ou talvez aos Estados Unidos, e não à Inglaterra. Na política externa, muitos intelectuais seguem o princípio de que qualquer facção apoiada pela Inglaterra deve ser a errada. Em decorrência disso, a opinião "esclarecida" é, em larga medida, um reflexo da política conservadora. A anglofobia está sempre sujeita à inversão, e daí aquela ocorrência muito comum, a do pacifista numa guerra que é um belicista na guerra seguinte.

2. *Antissemitismo*. Atualmente existem poucos indícios seus, porque as perseguições nazistas tornaram necessário que qualquer indivíduo pensante ficasse do lado dos judeus contra seus opressores. Qualquer pessoa com instrução suficiente para conhecer o termo "antissemitismo" se diz taxativamente isenta dele, e quaisquer observações antijudaicas são cuidadosamente eliminadas de todos os tipos de textos. Na verdade, o antissemitismo se mostra muito difundido, mesmo entre os intelectuais, e a conspiração geral de silêncio provavelmente ajuda a exacerbá-lo. As pessoas de opiniões de esquerda não são imunes a ele, e às vezes suas atitudes são influenciadas pelo fato de que os trotskistas e os anarquistas tendem a ser judeus. Mas o antissemitismo ocorre mais naturalmente entre pessoas de tendência conservadora, que

desconfiam que os judeus enfraquecem o espírito nacional e diluem a cultura nacional. Os *neotories* e os católicos políticos estão sempre sujeitos a sucumbir ao antissemitismo, pelo menos de forma intermitente.

3. *Trotskismo.* Esse termo é usado em acepção bem ampla, incluindo anarquistas, socialistas democráticos e até liberais. Utilizo-o aqui para designar um marxista doutrinário cuja motivação principal é a hostilidade ao regime de Stálin. Pode-se estudar o trotskismo em livretos obscuros ou em jornais como *Socialist Appeal* melhor do que nas obras do próprio Trótski, que não era, de forma alguma, homem de uma ideia só. O trotskismo, embora em alguns lugares, como os Estados Unidos, seja capaz de atrair um bom número de adeptos e criar um movimento organizado com seu próprio fueherzinho, é uma inspiração essencialmente negativa. O trotskista é *contra* Stálin, assim como o comunista é *a favor* dele, e o que ele mais quer, como a maioria dos comunistas, não é mudar o mundo exterior, mas sentir que está em vantagem na luta pelo prestígio. Em ambos os casos, há a mesma fixação obsessiva num único objeto, a mesma incapacidade de formar uma opinião genuinamente racional baseada nas probabilidades. O fato de que os trotskistas sejam em toda parte uma minoria perseguida e que a acusação que lhes é usualmente feita, a saber, que colaboram com os fascistas, seja absolutamente falsa, criam a impressão de que o trotskismo é moral e intelectualmente superior ao comunismo; mas é de se duvidar que haja uma grande diferença entre eles. Os trotskistas mais típicos, em todo caso, são ex-comunistas, e ninguém chega ao trotskismo a não ser por meio dos movimentos de esquerda. Nenhum comunista, a não ser que esteja atado a seu partido por anos de hábito, está isento de cair

subitamente no trotskismo. O processo contrário não parece ocorrer com a mesma frequência, ainda que não haja nenhuma razão clara para isso.

Na classificação acima esboçada, pode parecer que várias vezes exagerei, simplifiquei demais, fiz suposições incomprovadas e deixei de lado a existência de motivos normalmente respeitáveis. Foi inevitável porque, nesse ensaio, procuro isolar e identificar tendências que existem na mente de todos nós e distorcem nosso pensamento, sem que ocorram necessariamente em estado puro nem operem de forma contínua. Aqui é importante corrigir o quadro ultrassimplificado que fui obrigado a traçar. Em primeiro lugar, ninguém tem o direito de supor que *todos*, ou sequer todos os intelectuais, estão contaminados pelo nacionalismo. Em segundo lugar, o nacionalismo pode ser intermitente e limitado. Um indivíduo inteligente pode sucumbir parcialmente a uma crença que o atrai, mas que sabe ser absurda, e pode mantê-la afastada por longos períodos, só voltando a ela em momentos de raiva ou sentimentalismo, ou quando tem certeza de que não há questões importantes envolvidas. Em terceiro lugar, um credo nacionalista pode ser adotado de boa-fé por motivos não nacionalistas. Em quarto lugar, podem existir na mesma pessoa várias espécies de nacionalismo, inclusive espécies que se anulam mutuamente.

Passei o tempo todo dizendo "o nacionalista faz isso" ou "o nacionalista faz aquilo", utilizando para fins ilustrativos o tipo extremo e quase insano do nacionalista que não tem áreas neutras no intelecto e nenhum interesse por coisa alguma, a não ser a luta pelo poder. Na verdade, essas pessoas são bastante comuns, mas nem compensam muito o trabalho. Na vida real, lorde Elton, D.N. Pritt, *lady* Houston, Ezra Pound, lorde

Vanisttart, padre Coughlin e todos os demais dessa turma pouco atraente precisam ser combatidos, mas é quase desnecessário apontar suas deficiências intelectuais. A monomania não é interessante, e o fato de que nenhum nacionalista de perfil mais fanático seja capaz de escrever um livro que valha a leitura depois de alguns anos tem um certo efeito atenuante. Mas, mesmo quando se admite que o nacionalismo não triunfou por toda parte, que ainda existem pessoas cuja faculdade de julgamento não fica à mercê de seus desejos, ainda resta o fato de que os problemas prementes – a Índia, a Polônia, a Palestina, a Guerra Civil espanhola, os processos de Moscou, os negros americanos, o pacto russo-alemão ou o que se queira – não conseguem ser ou, pelo menos, nunca são discutidos num nível racional. Os Elton, os Pritt e os Coughlin, que não passam de bocarras enormes despejando sem cessar as mesmas mentiras, são, evidentemente, casos extremos, mas enganamos a nós mesmos se não percebemos que todos nós somos capazes de nos comportar dessa mesma maneira em momentos de desatenção. Vibre-se determinada corda, pise-se em determinado calo – e pode ser um calo que, até então, nem se suspeitava que existisse – e o sujeito mais calmo e equilibrado pode se transformar de repente num sectário agressivo, querendo apenas "ganhar pontos" sobre o adversário, indiferente à quantidade de mentiras que diz ou de erros lógicos que comete ao mentir. Quando Lloyd George, que era contrário à Guerra dos Bôeres, declarou na Câmara dos Comuns que os comunicados britânicos, se fossem somados, anunciavam um número de bôeres mortos superior ao total da nação bôer inteira, consta nas atas que Arthur Balfour se levantou e gritou "Canalha!". Raríssimas são as pessoas à prova de tais lapsos. O negro humilhado por uma branca, o inglês que ouve um americano fazendo críticas ignorantes à

Inglaterra, o apologista católico a quem se relembra a Armada espanhola, todos eles reagirão de maneira muito parecida. Basta uma estocada no nervo sensível do nacionalismo, e a honestidade intelectual pode desaparecer, o passado pode ser alterado e os fatos mais claros e diretos podem ser negados.

Se o indivíduo abriga em algum lugar da mente uma lealdade ou um ódio nacionalista, certos fatos, ainda que em certo sentido sejam reconhecidamente verídicos, são inadmissíveis. Seguem-se alguns exemplos; abaixo arrolo cinco tipos de nacionalista, colocando ao lado um fato que aquele tipo de nacionalista jamais conseguiria aceitar, nem mesmo em seus pensamentos secretos:

O tory britânico: A Grã-Bretanha sairá dessa guerra com menor poder e prestígio.
O comunista: Se não tivesse recebido a ajuda da Inglaterra e dos Estados Unidos, a Rússia teria sido derrotada pela Alemanha.
O nacionalista irlandês: O Eire só consegue manter a independência por causa da proteção britânica.
O trotskista: O regime stalinista é aceito pelas massas russas.
O pacifista: Os que "abjuram" da violência só podem fazer isso porque há outros praticando a violência no lugar deles.

Todos esses fatos são mais do que óbvios quando o indivíduo não está tomado pela emoção: mas são *intoleráveis* para o tipo de indivíduo nomeado em cada caso, e assim precisam ser negados e, para negá-los, é preciso construir teorias falsas. Volto aos impressionantes erros de previsão militar na guerra atual. Creio ser verdade que os intelectuais erraram mais em suas previsões sobre o desenrolar da guerra do que as pessoas comuns, e que sofreram mais a influência dos sentimentos partidaristas. O intelectual médio de esquerda, por exemplo, acreditava que se perderia a guerra em 1940, que os alemães fatalmente ocupariam o Egito em 1942, que os japoneses jamais seriam expulsos das terras que haviam conquistado, e que a ofensiva de bombardeios anglo-americanos não estava causando qualquer impressão na Alemanha. Ele podia acreditar nessas coisas porque seu ódio à classe dirigente britânica o proibia de admitir a possibilidade de êxito dos planos britânicos. Não há limite às baboseiras que a pessoa consegue engolir quando está sob a influência desse tipo de sentimento. Ouvi declararem com plena segurança, por exemplo, que as tropas americanas tinham sido enviadas para a Europa não para combater os alemães, e sim para esmagar uma revolução inglesa. Só um intelectual é capaz de acreditar numa coisa dessas: nenhum homem comum seria tão néscio assim. Quando Hitler invadiu a Rússia, as autoridades do Ministério da Informação emitiram "como pano de fundo" o aviso de que se poderia esperar que a Rússia caísse em seis semanas. Por outro lado, os comunistas viam todas as fases da guerra como vitórias russas, mesmo quando os russos tiveram de recuar quase até o mar Cáspio e perderam vários milhões de prisioneiros. É desnecessário prosseguir nos exemplos. A questão é que, no momento em que o medo, o ódio, a inveja e o culto ao poder entram em jogo, o senso de realidade sai dos eixos. E, como já assinalei antes, o senso do certo e do errado também sai dos eixos. Não existe crime, absolutamente crime algum, que não possa ser perdoado quando é "nosso" lado que o comete. Mesmo que a pessoa não negue que o crime ocorreu, mesmo que a pessoa saiba que é exatamente o mesmo crime que ela condenou em algum outro caso, mesmo que a pessoa reconheça no plano intelectual que ele é injustificado – ainda assim, ela não consegue *sentir* que é errado. Estando presente a lealdade, a compaixão deixa de funcionar.

A razão para o crescimento e a difusão do nacionalismo é uma questão complicada demais para abordarmos aqui. Limitemo-nos a dizer que, nas formas em que ele aparece entre os intelectuais ingleses, é um reflexo distorcido das pavorosas batalhas efetivamente existentes no mundo exterior, e que seus maiores absurdos se tornaram possíveis com o colapso do patriotismo e da religiosidade. Se a pessoa prossegue nesse raciocínio, arrisca-se a ser levada a uma espécie de conservadorismo ou de passividade política. Um argumento plausível – e até provavelmente verdadeiro – é, por exemplo, que o patriotismo é uma vacina contra o nacionalismo, a monarquia é uma proteção contra a ditadura, e a religião organizada uma proteção contra a superstição. Ou, ainda, pode-se argumentar que não existe *nenhum* ponto de vista isento de parcialidades, que *todos* os credos e causas envolvem as mesmas mentiras, absurdos e barbaridades; muitas vezes, apresenta-se isso como razão para evitar qualquer envolvimento com a política. Não aceito esse argumento, quando menos porque, no mundo moderno, ninguém que possa ser qualificado como intelectual *pode* se manter fora da política, no sentido de não se importar com ela. Penso que a pessoa deve se engajar na política – usando o termo em acepção ampla – e deve ter preferências: isto é, deve reconhecer que algumas causas são objetivamente melhores do que outras, mesmo que sejam promovidas por meios igualmente ruins. Quanto aos amores e ódios nacionalistas que comentei, eles fazem parte, na maioria dos casos, de nossa própria constituição, gostemos ou não. Se é possível nos livrarmos deles, não sei, mas creio realmente que é possível lutarmos contra eles e que este é um esforço essencialmente *moral*. É uma questão, em primeiro lugar, de descobrirmos quem realmente somos, quais são realmente nossos sentimentos, e então admitirmos a inevitável parcialidade. Se a pessoa odeia e tem medo da Rússia, se inveja a riqueza e o poderio dos Estados Unidos, se despreza os judeus, se tem um sentimento de inferioridade diante da classe dirigente britânica, ela não vai conseguir se livrar desses sentimentos pelo simples pensamento. Mas pelo menos pode reconhecer que tem esses sentimentos e impedir que contaminem seus processos mentais. As premências emocionais que são inescapáveis, e talvez até necessárias para a ação política, deveriam poder coexistir com uma aceitação da realidade. Mas isso, repito, requer um esforço *moral*, e a bibliografia inglesa contemporânea – quando dá algum mínimo de atenção às grandes questões de nossa época – mostra quão poucos estão preparados para tal esforço.

O QUE É O FASCISMO?*

Entre todas as perguntas não respondidas de nossa época, talvez a mais importante seja: "O que é o fascismo?".

Recentemente, uma das organizações de pesquisas sociais nos Estados Unidos fez essa pergunta a cem pessoas diferentes e teve respostas que iam de "pura democracia" a "puro diabolismo". Aqui na Inglaterra, se pedirmos ao indivíduo médio informado que defina o fascismo, geralmente ele responderá apontando o regime alemão e o regime italiano. Mas é uma resposta muito insatisfatória, porque mesmo os principais Estados fascistas apresentam grandes diferenças estruturais e ideológicas.

Não é fácil, por exemplo, colocar a Alemanha e o Japão dentro do mesmo quadro, e é ainda mais difícil encaixar alguns dos pequenos Estados que podem ser considerados fascistas. Assim, por exemplo, é comum supor que o fascismo é intrinsecamente beligerante, que prospera num clima de histeria de guerra e só pode resolver seus problemas econômicos com preparativos bélicos ou conquistas estrangeiras. Mas claro que não é este o caso de, digamos, Portugal ou das várias ditaduras sul-americanas. Ou supõe-se também que uma das características próprias do fascismo é o antissemitismo; no entanto, alguns movimentos fascistas não são antissemitas. Controvérsias cultas, reverberando por anos a fio em revistas americanas, não conseguiram sequer determinar se o fascismo é ou não é uma forma de capitalismo. Apesar disso, quando aplicamos o termo "fascismo" à Alemanha,

---

* Publicado no jornal londrino *Tribune*, em 24 de março de 1944.

ao Japão ou à Itália de Mussolini, sabemos de modo geral o que queremos dizer. É na política interna que esse termo perdeu seus últimos vestígios de significado. Pois, se examinamos a imprensa, vemos que, nos últimos dez anos, não há quase grupo algum – e certamente nenhum partido político ou qualquer espécie de entidade organizada – que não tenha sido denunciado como fascista. Aqui não me refiro ao uso oral do termo "fascista". Refiro-me ao que tenho visto em letra impressa. Tenho visto os termos "de simpatias fascistas", "de tendência fascista" ou simplesmente "fascista" aplicados com toda a seriedade aos seguintes grupos:

Conservadores: Todos os conservadores, conciliadores ou não conciliadores, são tidos como subjetivamente pró-fascistas. Considera-se o domínio britânico na Índia e nas colônias indiscernível do nazismo. Organizações de tipo que poderíamos dizer patriótico e tradicional são rotuladas como criptofascistas ou "de mentalidade fascista". Exemplos: os escoteiros, a polícia metropolitana, o MI-5, a Legião Britânica. Frase principal: "As escolas públicas são sementeiras do fascismo".

Socialistas: Defensores do capitalismo ao velho estilo (exemplo: *sir* Ernest Benn) sustentam que socialismo e fascismo são a mesma coisa. Alguns jornalistas católicos sustentam que os socialistas têm sido os principais colaboradores nos países de ocupação nazista. O Partido Comunista, em suas fases ultraesquerdistas, faz a mesma acusação por outro ângulo. No período de 1930-35, o *Daily Worker* costumava se referir ao Partido Trabalhista como fascistas trabalhistas. Isso é retomado por outros da extrema esquerda, como os anarquistas. Alguns nacionalistas indianos consideram os sindicatos britânicos como organizações fascistas.

Comunistas: Uma importante escola de pensamento (exemplos: Rauschning, Peter Drucker, James Burnham, F.A.

Voigt) se nega a reconhecer diferenças entre o regime nazista e o regime soviético, e sustenta que todos os fascistas e comunistas visam praticamente à mesma coisa e, em certa medida, são até as mesmas pessoas. Líderes políticos em *The Times* (antes da guerra) se referiam à URSS como "país fascista". Isso também é retomado, por outro ângulo, por anarquistas e trotskistas.

Trotskistas: Os comunistas acusam os trotskistas propriamente ditos, isto é, a organização do próprio Trótski, de ser uma organização critptofascista a soldo dos nazistas. A esquerda acreditou amplamente nisso durante o período da Frente Popular. Em suas fases ultradireitistas, os comunistas tendem a aplicar a mesma acusação a todas as facções à esquerda deles, p.ex., o *Common Wealth* ou o I.L.P. [Independent Labour Party].

Católicos: Fora de suas fileiras, a Igreja católica é quase universalmente considerada pró-fascista, em termos tanto objetivos quanto subjetivos.

Contrários à guerra: Os pacifistas e outros que são contrários à guerra são frequentemente acusados não só de facilitar as coisas para o Eixo, mas também de adquirir laivos pró-fascistas.

Favoráveis à guerra: Os que se opõem à guerra geralmente se baseiam na alegação de que o imperialismo britânico é pior do que o nazismo e tendem a aplicar o termo "fascista" a qualquer um que queira uma vitória militar. Os defensores da Convenção do Povo quase chegaram a sustentar que a disposição de resistir a uma invasão nazista indicava simpatias fascistas. A Home Guard [voluntários da defesa nacional], tão logo surgiu, foi denunciada como organização fascista. Os suboficiais com consciência política quase sempre se referem a seus oficiais como "fascistas naturais" ou "de mentalidade fascista". As continências formais e empertigadas aos oficiais são tidas como elementos que levam ao fascismo. Antes da guerra, o ingresso no corpo de voluntários de reserva dos Exércitos Territoriais era tido como sinal de tendências fascistas. O recrutamento e o exército profissional são ambos denunciados como fenômenos fascistas.

Nacionalistas: O nacionalismo é visto de modo universal como intrinsecamente fascista, mas apenas quando se aplica a movimentos nacionais de que se discorda. O nacionalismo árabe, o nacionalismo polonês, o nacionalismo finlandês, o Partido do Congresso indiano, a Liga Muçulmana, o sionismo e o I.R.A. [Exército Republicano Irlandês] são, todos eles, definidos como fascistas, mas não pelas mesmas pessoas.

***

Vê-se que a palavra "fascismo", tal como é usada, não tem quase significado algum. Nas conversas, claro, ela é usada ainda mais desbragadamente do que num texto escrito. Já a ouvi aplicada para qualificar os agricultores, os lojistas, o Crédito Social, a punição física, a caça à raposa, a luta de touros, o Comitê de 1922, o Comitê de 1941, Kipling, Gandhi, Chiang Kai-Shek, a homossexualidade, as transmissões radiofônicas de Priestley, os Albergues da Juventude, a astrologia, as mulheres, os cachorros e sei lá mais o quê.

Mas, por trás de toda essa miscelânea, existe de fato uma espécie de significado oculto. Em primeiro lugar, é claro que existem enormes diferenças, algumas fáceis de apontar e difíceis de explicar, entre os regimes ditos fascistas e os regimes ditos democráticos. Em segundo lugar, se "fascista" significa "simpatizante de Hitler", é evidente que algumas das acusações acima arroladas são muito mais justificáveis do que outras. Em terceiro lugar, mesmo quem lança impensadamente a palavra "fascista" a torto e a direito atribui a ela alguma importância emocional. Com o termo "fascismo", referem-se, grosso modo, a algo cruel, inescrupuloso, arrogante, obscurantista, antiliberal e antitrabalhadores. Tirando o número relativamente pequeno de simpatizantes fascistas, quase todos os ingleses aceitariam "valentão" como sinônimo de "fascista". Foi praticamente a essa definição que o termo tão usado e abusado chegou.

Mas o fascismo também é um sistema político e econômico. Por que, então, não podemos ter uma definição que tenha clareza e aceitação geral? Infelizmente, não teremos – em todo caso, não por ora. Seria muito longo expor as razões disso, mas é basicamente porque é impossível dar uma definição satisfatória do fascismo sem reconhecer coisas que nem os próprios fascistas, nem os conservadores, nem os socialistas de qualquer linha, estão dispostos a reconhecer. O máximo que podemos fazer por ora é utilizar o termo com alguma circunspecção, sem reduzi-lo, como geralmente se faz, ao nível de um xingamento.

Memórias de infância

Tais, tais eram as alegrias*

I

Um pouco depois de chegar à St Cyprian (não de imediato, mas após uma ou duas semanas, quando parecia estar me adaptando à rotina da vida escolar), comecei a molhar a cama. Tinha oito anos de idade, e assim essa era a retomada de um hábito que eu abandonara pelo menos uns quatro anos antes. Hoje em dia, creio eu, urinar na cama em tais circunstâncias não espanta ninguém. É uma reação normal em crianças que foram retiradas de casa e transferidas para um lugar desconhecido. Naqueles tempos, porém, era visto como um crime asqueroso que a criança cometia de propósito e cujo remédio adequado era uma surra. Quanto a mim, não precisavam me dizer que era um crime. Noite após noite, eu rezava com um fervor que jamais alcançara antes em minhas orações – "Deus, eu imploro, não me deixe molhar a cama! Deus, eu imploro, não me deixe molhar a cama!", mas não fazia muita diferença. Em algumas noites acontecia, em outras não. Não havia volição, não havia consciência naquilo. A bem dizer, a gente não *fazia* aquilo: simplesmente acordava de manhã e via que os lençóis estavam encharcados.

---

* Aqui Orwell retoma o verso "Such, such were the joys", do poema *The Echoing Green* de William Blake, num contraponto irônico à realidade de seus dias de escola. (N.T.) Escrito em 1947, mas publicado apenas postumamente na edição de setembro/outubro de 1952 da revista nova-iorquina *Partisan Review*.

Depois do segundo ou terceiro delito, fui avisado de que, na próxima vez, receberia castigo físico; mas o aviso chegou a mim de uma maneira estranhamente tortuosa. Uma tarde, quando saímos em fila do chá, a sra. Wilkes, esposa do diretor, estava sentada à cabeceira de uma das mesas, conversando com uma senhora sobre a qual eu nada sabia, a não ser que estava em visita à escola. Era uma figura intimidadora, de ar masculino, com traje de montaria ou algo que pensei ser um traje de montaria. Eu acabava de sair da sala quando a sra. Wilkes me chamou de volta, como se fosse me apresentar à visitante.

A sra. Wilkes tinha o apelido de Flip, e assim vou me referir a ela, pois é como costumo relembrá-la. (Oficialmente, porém, tratavam-na por *Mum*, provável corruptela do *Ma'am* que os alunos das escolas públicas usavam para a esposa do diretor.) Era uma mulher robusta, de constituição quadrada, as faces de um vermelho carregado, cabelo curto e topete, sobrancelhas salientes e olhos fundos e desconfiados. Passava boa parte do tempo mostrando um falso entusiasmo, tentando animar a garotada com um linguajar masculino ("Força aí, meu chapa!" e coisas assim) e até tratando os alunos pelo primeiro nome, mas os olhos nunca perdiam a expressão irrequieta e acusadora. Era muito difícil olhá-la de frente sem se sentir culpado, mesmo quando não se era culpado de qualquer coisa específica.

– Aqui está um menino – disse Flip, apontando-me para a desconhecida – que molha a cama todas as noites.

E, virando-se para mim, ela acrescentou:

– Sabe o que vou fazer se você molhar a cama outra vez? Vou pegar a Sexta Turma para bater em você.

A senhora desconhecida assumiu um ar profundamente chocado e exclamou:

– Seria-*bom*-mesmo!

E aqui ocorreu um daqueles mal-entendidos enormes, quase malucos, que fazem parte da experiência diária da infância. A Sexta Turma era um grupo de garotos de mais idade, escolhidos por ter "caráter" e autorizados a bater nos meninos menores. Eu ainda não sabia da existência deles, e ouvi mal a expressão "a Sexta Turma", que entendi como "a sra. Turm". Achei que se referia à senhora desconhecida – isto é, pensei que ela se chamava sra. Turm. Era um nome improvável, mas uma criança não tem juízo próprio nesses assuntos. Assim, imaginei que era *ela* que ficaria encarregada de bater em mim. Não me pareceu estranho que a tarefa ficasse entregue a uma visitante fortuita sem qualquer ligação com a escola. Simplesmente imaginei que a "sra. Turm" era uma severa disciplinadora que gostava de bater nas pessoas (de certa forma, era o que sugeria sua aparência) e na mesma hora veio-me uma imagem aterradora dela, chegando para a ocasião com traje e equipamento completo de montaria, brandindo um chicote. Até hoje, eu me sinto quase desmaiando de vergonha, ali parado, um garotinho de cara redonda, com calçãozinho curto de brim, na frente das duas mulheres. Não conseguia falar. Achei que ia morrer se a "sra. Turm" me batesse. Mas o que eu mais sentia não era medo e nem mesmo raiva: era simples vergonha, porque agora mais outra pessoa, ainda por cima mulher, estava a par de meu asqueroso delito.

Um pouco depois, não lembro bem como, fiquei sabendo que, afinal, não era a "sra. Turm" que ia aplicar o castigo. Não lembro se foi naquela mesma noite que urinei outra vez na cama, mas, de todo modo, foi logo depois. Oh, o desespero, o sentimento de cruel injustiça, depois de todas as minhas preces e resoluções, de acordar mais uma vez entre os lençóis úmidos! Não havia a menor possibilidade de ocultar o que eu havia feito.

A governanta, uma mulher severa e colossal que se chamava Margaret, veio ao dormitório especialmente para inspecionar minha cama. Puxou as cobertas, então se endireitou, e as temidas palavras pareciam sair dela como o rolar de um trovão:
– APRESENTE-SE ao diretor após o desjejum!

Pus APRESENTE-SE em letras maiúsculas porque foi assim que me soou. Não sei quantas vezes ouvi isso em meus primeiros anos na St Cyprian. Era muito raro que não significasse uma surra. Sempre soava pressago a meus ouvidos, como o rufo fúnebre de um tambor ou os termos de uma sentença de morte.

Quando fui me apresentar, Flip estava fazendo uma coisa ou outra à mesa comprida e lustrosa na antessala do gabinete. Examinou-me com os olhos irrequietos enquanto eu passava. Sambo tinha um ar estranhamente néscio, com um andar bamboleante, ombros arredondados, um rosto bochechudo que parecia um bebê crescido, capaz de mostrar bom humor. Sabia, claro, por que eu fora enviado à sua presença e já pegara no armário um chicote de montaria com cabo de osso, mas fazia parte do castigo de se apresentar que o garoto anunciasse de própria voz o delito que cometera. Depois que falei o que tinha de falar, ele me fez uma breve e pomposa preleção, pegou-me pela nuca, inclinou-me e começou a me açoitar com o chicote. Ele tinha o costume de prosseguir a preleção enquanto açoitava os garotos, e lembro que as palavras "seu-me-ni-no-por-co" seguiam o compasso das chicotadas. A surra não doeu (talvez ele não tenha me batido com muita força, porque era a primeira vez) e saí dali me sentindo muito melhor. O fato de não ter doído era uma espécie de vitória e anulava em parte a vergonha de molhar a cama. Tive até a imprudência de ostentar um sorriso no rosto. Alguns meninos pequenos estavam por ali no corredor, do lado de fora da antessala.

– Apanhou?
– Não doeu – falei orgulhoso.
Flip ouvira tudo. Na mesma hora gritou para mim:
– Venha cá! Venha cá imediatamente! O que você disse?
– Eu disse que não doeu – tartamudeei.
– Como se atreve a dizer uma coisa dessas? Pensa que isso é coisa que se diga? Entre e APRESENTE-SE OUTRA VEZ!
Dessa vez, Sambo levou a coisa a sério. Ficou me surrando por um tempo que me espantou e me amedrontou – uns cinco minutos, ao que parecia – e acabou quebrando o chicote. O cabo de osso saiu voando pela sala.
– Veja o que você me fez fazer! – disse ele furioso, segurando o chicote quebrado.
Eu estava derreado numa cadeira, choramingando baixinho. Lembro que esta foi a única vez em toda a minha meninice que uma surra realmente me levou às lágrimas, e o interessante era que nem mesmo agora estava chorando de dor. A segunda surra também não doera muito. O medo e a vergonha pareciam ter-me anestesiado. Eu estava chorando em parte porque percebia que era o que se esperava de mim, em parte por verdadeiro arrependimento, mas em parte também por causa de uma mágoa mais profunda que é própria da infância e difícil de expressar: um sentimento de desamparo e solidão desolada, de estar fechado não só num mundo hostil, mas num mundo do bem e do mal com regras que eu não conseguiria cumprir.
Eu sabia que molhar a cama (a) era coisa má e (b) escapava a meu controle. Do segundo fato eu tinha consciência; quanto ao primeiro, eu não o questionava. Portanto, era possível cometer um pecado sem saber que se o cometia, sem querer cometê-lo e sem ser capaz de evitá-lo. O pecado não era necessariamente algo que a pessoa fazia: podia ser algo que lhe

acontecia. Não digo que essa ideia me ocorreu naquele instante, sob as vergastadas de Sambo, como uma absoluta novidade: eu já devia ter alguns vislumbres antes mesmo de sair de casa, pois meus primeiros anos de infância não tinham sido inteiramente felizes. Mas, em todo caso, foi essa a grande, a duradoura lição de minha meninice: eu estava num mundo onde *não me era possível* ser bom. E a dupla surra foi um ponto de inflexão, pois incutiu em mim, pela primeira vez, a dureza do ambiente a que eu fora lançado. A vida era mais terrível e eu era pior do que havia imaginado. De todo modo, ali sentado choramingando na beirada de uma cadeira no gabinete de Sambo, sem sequer o autocontrole de ficar de pé enquanto ele me atormentava, tive uma clareza sobre o pecado, a tolice e a fraqueza que, ao que me lembre, nunca sentira antes.

Em geral, as lembranças pessoais de qualquer período necessariamente se enfraquecem à medida que o tempo passa. A pessoa está sempre aprendendo fatos novos, e os fatos velhos têm de ceder espaço a eles. Aos vinte anos, eu poderia escrever a história de meus tempos de escola com uma precisão que agora seria totalmente impossível. Mas também pode acontecer que as memórias se agucem depois de um longo tempo, porque a pessoa olha o passado com olhos novos e pode isolar e, por assim dizer, notar fatos que antes existiam indiferenciadamente entre todo um conjunto de outros. Eis duas coisas que, em certo sentido, eu lembrava, mas que, até data muito recente, não me pareciam estranhas nem interessantes. Uma delas é que considerei a segunda surra um castigo justo e sensato. Levar uma surra e depois outra, ainda por cima bem mais rigorosa, por ter tido a imprudência de mostrar que a primeira não doera – isso era plenamente natural. Os deuses são invejosos e, quando temos boa sorte, devemos disfarçá-la. A segunda coisa é que aceitei que o chicote se quebrara por culpa minha. Ainda consigo relembrar a sensação ao ver o cabo no tapete – a sensação de ter feito algo malcriado e desajeitado, e ter estragado um objeto caro. *Eu é que o quebrara:* assim me disse Sambo, assim acreditei eu. Essa aceitação da culpa se manteve despercebida em minha memória por vinte ou trinta anos.

Isso quanto ao episódio de urinar na cama. Mas há mais uma coisa a comentar. É que não voltei a urinar na cama – ou, pelo menos, urinei mais uma vez e recebi outra surra, depois da qual o problema cessou. Então, talvez esse remédio bárbaro realmente funcione, ainda que, sem dúvida, a um alto preço.

II

A St Cyprian era uma escola cara e esnobe, em vias de se tornar ainda mais esnobe e, imagino eu, ainda mais cara. A escola pública com que ela mantinha ligações especiais era a Harrow, mas, em minha época, estava aumentando a proporção dos garotos que iam para Eton. Eram, na maioria, filhos de pais ricos, mas, no geral, ricos não aristocráticos, que moram em enormes casarões ajardinados em Bournemouth ou Richmond, têm carros e mordomos, mas não propriedades no campo. Entre eles havia alguns exóticos – alguns garotos sul-americanos, filhos de barões do gado na Argentina, um ou dois russos e até um menino que era príncipe, ou descrito como príncipe, do Sião.

Sambo tinha duas grandes ambições. Uma delas era atrair para a escola garotos com títulos; a outra era formar alunos que ganhassem bolsas de estudo nas escolas públicas, sobretudo em Eton. No final do tempo que passei lá, ele de fato conseguiu dois meninos com títulos ingleses. Um deles, lembro-me, era uma pobre criaturinha babosa, quase albina, com os olhos fracos sempre virados para cima e um nariz comprido que sempre parecia ter na ponta uma gota prestes a cair. Sambo, quando falava desses garotos para outra pessoa, sempre os citava pelo título; aliás, nos primeiros dias deles na escola, ele os tratava pessoalmente como "lorde fulano de tal". Desnecessário dizer que, sempre que mostrava a escola a um visitante, arranjava jeito de chamar a atenção para eles. Uma vez, lembro-me eu, o menininho de cabelo claro se engasgou no jantar, e de seu nariz escorreu um fio de ranho até o prato, uma coisa horrorosa de se ver. Qualquer menino de menos status teria sido chamado de porcalhão, com ordens de sair imediatamente da sala; no caso, porém, Sambo e Flip apenas riram, num espírito de "meninos são assim mesmo".

Todos os meninos muito ricos eram favorecidos de maneira mais ou menos explícita. A escola ainda conservava um leve ar da "academia particular" vitoriana com seus "internos especiais", e mais tarde, quando li Thackeray discorrendo sobre esse tipo de escola, notei de imediato as semelhanças. Os meninos ricos recebiam leite e biscoitos no meio da manhã, tinham aulas de equitação uma ou duas vezes por semana, eram tratados maternalmente por Flip, que os chamava pelo primeiro nome, e, acima de tudo, nunca apanhavam. Tirando os garotos sul-americanos, com pais a uma distância segura, duvido que Sambo tenha alguma vez batido em qualquer menino cujo pai tivesse uma renda muito acima de 2 mil libras ao ano. Mas às vezes ele se dispunha a sacrificar o lucro monetário ao prestígio acadêmico. De vez em quando, por um acordo especial, ele dava um grande desconto nas anuidades para algum menino que parecia promissor e capaz de ganhar uma bolsa de estudos, o que traria reconhecimento para a escola. Foi nesses termos que eu próprio entrei na St Cyprian; do contrário, meus pais não teriam condições de me enviar para uma escola tão cara.

De início, não percebi que eu fora aceito com desconto nas anuidades; só quando estava com uns onze anos é que Flip e Sambo começaram a me esfregar esse fato na cara. Nos primeiros dois ou três anos, passei pela rotina educacional costumeira; então, logo depois de começar com o grego (começava-se com o latim aos oito e com o grego aos dez), passei para o curso preparatório, em que o próprio Sambo dava a maioria das aulas sobre os clássicos. Durante dois ou três anos, entupiam os meninos de matérias tal como se entope de recheio um ganso de Natal. E que matérias! Essa coisa de atrelar a carreira de um menino dotado à aprovação num exame, prestado aos doze ou treze anos de idade, é um mal, para dizer o mínimo; mas parece que existem escolas preparatórias que enviam estudantes a Eton, Winchester etc., sem ensiná-los a enxergar tudo em termos de notas. Na St Cyprian, o processo todo era uma explícita preparação para uma espécie de trapaça. A gente devia aprender exatamente aquelas coisas que dariam ao examinador a impressão de que a gente sabia mais do que sabia, ao mesmo tempo evitando ao máximo sobrecarregar nosso cérebro com qualquer outra coisa a mais. Matérias que não entravam no exame, como geografia, eram deixadas quase totalmente de lado, a matemática também ficava de lado se o aluno fosse do "clássico", e não se ensinava qualquer espécie de ciência – na verdade, desprezava-se tanto a ciência que se desencorajava até o interesse por história natural –; inclusive os livros que nos incentivavam a ler nas horas vagas eram escolhidos com vistas ao "Exame de Inglês". O importante eram o latim e o grego, as áreas principais para concorrer no exame, mas mesmo essas matérias eram deliberadamente ensinadas de maneira rápida e superficial. Por exemplo, nunca líamos um livro inteiro de autor grego ou latino: líamos apenas trechos curtos, escolhidos como coisas capazes de cair no exame como "Tradução sem Consulta". No último ano antes de prestar os exames, passávamos a maior parte do tempo simplesmente vendo os exames dos anos anteriores. Sambo tinha montes deles, de todas as principais escolas públicas. Mas o mais absurdo era o ensino de história.

Naqueles tempos, havia uma bobagem chamada Prêmio Harrow de História, um concurso anual do qual participavam muitas escolas preparatórias. Era tradição da St Cyprian vencer todos os anos, o que não era de surpreender, pois havíamos consultado atentamente todos os exames feitos desde o início do concurso, e o sortimento de perguntas possíveis não era inesgotável. Eram aquelas perguntas bobas que a gente respondia com um nome famoso. Quem saqueou as Beguns? Quem foi decapitado num barco a céu aberto? Quem pegou os *whigs* tomando banho e fugiu com as roupas deles? Quase todo o nosso ensino de história era nesse nível. A história era uma série de fatos avulsos, incompreensíveis, mas – por alguma razão que nunca nos explicavam – importantes, acompanhados de frases altissonantes. Disraeli trouxe a paz com honra. Clive ficou assombrado com sua moderação. Pitt recorreu ao Novo Mundo para recompor o equilíbrio do Velho Mundo. E as datas, os recursos mnemônicos! (Vocês sabiam, por exemplo, que as primeiras letras de "A black Negress was my aunt: there's her house behind the barn" são também as iniciais das batalhas nas Guerras das Rosas?) Flip, que "tomava" os exames mais avançados em história, adorava esse tipo de coisa. Lembro-me de verdadeiras orgias de datas, com os meninos mais espertos dando saltos da cadeira na sofreguidão de gritar as respostas certas e,

ao mesmo tempo, sem ter o mínimo interesse pelo significado dos misteriosos acontecimentos que mencionavam.
– 1587?
– Massacre de São Bartolomeu!
– 1707?
– Morte de Aurangzeeb!
– 1713?
– Tratado de Utrecht!
– 1773?
– Tea Party de Boston!
– 1520?
– Ah, Mum, por favor, Mum...
– Por favor, Mum, por favor, Mum! Eu, eu, eu, Mum!
– Pois bem! 1520?
– Campo do Pano de Ouro!
E assim por diante.

Apesar disso, a história e outros temas secundários tinham lá sua graça. A verdadeira tensão estava nos "clássicos". Olhando retrospectivamente, vejo que nunca me esforcei tanto na vida quanto naquele período, e mesmo assim, na época, parecia-me impossível dedicar todo o esforço que era exigido. Sentávamos em volta da mesa comprida e lustrosa, de uma madeira nobre de cor muito clara, enquanto Sambo açulava, ameaçava, exortava, às vezes gracejava, muito raramente elogiava, mas sempre nos espicaçando, nos cutucando para mantermos a devida concentração, como quando espetam alfinetes num sujeito sonolento para mantê-lo desperto.

– Vamos, seu enrolador! Vamos, seu preguiçoso imprestável! O problema com você é que é um mandrião de marca maior. Come demais, é por isso. Devora umas refeições enormes e então, quando chega aqui, vem meio dormindo. Vamos, se esforce. Você não está *pensando*. Não está espremendo os miolos.

    Ele batia na cabeça da gente com a lapiseira de prata que, em minha lembrança, parecia ter quase o tamanho de uma banana e peso suficiente para formar um galo; ou nos puxava o cabelo curto em volta das orelhas e, de vez em quando, chutava nossa canela por baixo da mesa. Tinha dias em que tudo parecia sair errado e aí era: "Então está bom, sei o que você quer. Passou a manhã toda pedindo por isso. Venha, seu mandrião inútil. Entre no gabinete". E aí, plaft, plaft, plaft, e o garoto voltava, com vergões vermelhos e doloridos – com os anos, Sambo tinha trocado o chicote de montaria por uma vara fina de junco que doía mais, muito mais –, para retomar a tarefa. Isso não acontecia com muita frequência, mas lembro que algumas vezes fui obrigado a sair da sala no meio da uma frase em latim, recebi uma surra, então voltei e retomei a frase no mesmo ponto, como se nada fosse. É um engano pensar que esses métodos não funcionam. Funcionam muito bem para sua finalidade específica. Na verdade, duvido que alguma vez o ensino dos clássicos tenha dado certo ou possa dar certo sem castigo físico. Os próprios meninos acreditavam na eficácia da vara. Havia um garoto chamado Beacham, não muito inteligente, mas com visível e premente necessidade de uma bolsa. Sambo o açoitava para que avançasse como se faz com um cavalo com laminite. Foi disputar uma bolsa em Uppingham, voltou sabendo que tinha ido mal e, um ou dois dias depois, levou uma grande surra por preguiça. "Gostaria de ter recebido essas varadas antes de ir para o exame", disse ele triste – comentário que me parecia patético, mas que entendia perfeitamente bem.

    Os meninos do curso preparatório eram tratados de formas variadas. Se o menino tivesse pais ricos, que não precisavam economizar nas anuidades, Sambo o instigava de maneira relativamente paternal, com gracejos, cutucões nas costelas e talvez uma ou outra pancadinha com a lapiseira, mas nada de puxões de cabelo nem de varadas. Eram os meninos pobres, mas "inteligentes", que sofriam. Nossa massa cinzenta era uma mina de ouro em que ele tinha investido capital e de onde precisava extrair seus dividendos. Muito antes que eu entendesse a natureza de minha relação financeira com Sambo, já me haviam feito entender que eu não era do mesmo nível da maioria dos outros meninos. Havia, com efeito, três castas na escola. Havia a minoria de origem aristocrática ou milionária, havia os filhos dos ricos suburbanos comuns, que formavam a maioria da escola, e havia uns poucos pobretões como eu, filhos de clérigos, de funcionários do serviço público indiano, de viúvas em dificuldades e similares. Esses meninos mais pobres eram desencorajados a ter atividades "extras", como marcenaria e tiro ao alvo, e eram humilhados quanto à roupa e aos pertences miúdos. Eu, por exemplo, nunca consegui ter um taco de críquete próprio, porque "Seus pais não teriam como pagar". Essa frase me perseguiu durante todo o meu tempo de escola. Na St Cyprian, não podíamos ficar com o dinheiro que levávamos de casa, mas tínhamos de "entregá-lo" no primeiro dia do semestre, e de tempos em tempos tínhamos autorização de gastá-lo sob a supervisão da escola. Eu e outros garotos em condição semelhante à minha éramos sempre impedidos de comprar brinquedos caros, como aviõezinhos, mesmo que tivéssemos dinheiro suficiente em depósito. Flip, em especial, parecia deliberadamente decidida a inculcar nos meninos mais pobres uma atitude de humildade. "Você pensa que um menino como você deveria comprar esse tipo de coisa?" Lembro que ela disse a alguém – e disse na frente de toda a escola: "Você sabe que não vai ter dinheiro quando crescer, não é? Sua família não é rica. Você precisa aprender a ser sensato. Mantenha-se em seu lugar!". Havia também os trocadinhos semanais, que gastávamos em doces, que Flip distribuía numa mesa larga. Os milionários recebiam seis pence por semana, mas o normal eram três pence. Eu e mais um ou dois só recebíamos dois pence. Meus pais não tinham dado instruções quanto a isso, e a economia de um penny por semana não faria qualquer diferença para eles, mas era um indicador de status. Pior ainda era o detalhe do bolo de aniversário. O normal era que cada menino recebesse um grande bolo com glacê e velinhas no dia do aniversário, que era dividido entre toda a escola na hora do chá. O bolo era de praxe e ia para a conta dos pais. Nunca recebi um bolo desses, mesmo que meus pais se prontificassem a pagar por ele. Ano após ano, nunca me atrevendo a perguntar, eu esperava angustiado que surgisse um bolo naquela data. Uma ou duas vezes, até me precipitava e dizia aos colegas que dessa vez eu *ia* ganhar um bolo. Então chegava a hora do chá, e nada de bolo, o que não aumentava minha popularidade entre eles.

Desde cedo incutiram-me a ideia de que eu não tinha qualquer chance de um futuro decente, a menos que conseguisse bolsa numa escola pública. Ou eu ganhava a bolsa ou teria de deixar a escola aos catorze anos e me tornar, na expressão favorita de Sambo, "um ajudantezinho de escritório a 40 libras por ano". Em minhas condições, era natural que eu acreditasse nisso. Na verdade, na St Cyprian tomava-se como verdade universal que o aluno, se não fosse para uma "boa" escola pública (e apenas umas quinze escolas se incluíam nessa categoria), estaria definitivamente arruinado pelo resto da vida. É difícil transmitir a um adulto a tensão, o desgaste nervoso do garoto se preparando para um combate terrível que iria definir toda a sua vida, à medida que se aproximava a data do exame – onze anos, doze anos, então treze, o ano fatídico! Durante uns dois anos, creio que não houve um único dia em que "o exame", como eu o chamava, me saísse por completo da cabeça. Estava invariavelmente presente em minhas preces; e sempre que eu ficava com a parte maior do ossinho da sorte de um frango, ou recolhia uma ferradura, ou me inclinava sete vezes à lua nova, ou conseguia passar por um portão dos desejos sem encostar nas laterais, o desejo a que então tinha direito era sempre o de passar "no exame". O interessante, porém, é que eu vivia perseguido por um impulso quase irresistível de *não* me esforçar. Havia dias em que me desanimava com as tarefas que tinha pela frente, e ficava parado feito bobo diante das dificuldades mais elementares. Também não conseguia estudar nos períodos de férias. Alguns do curso preparatório recebiam como bônus aulas extras de um tal sr. Batchelor, um sujeito simpático, muito peludo, que usava uns ternos surrados e morava num típico "antro" de solteiro – a parede forrada de livros, uma fedentina de tabaco – em algum canto da cidade. Nas férias, o sr. Batchelor nos enviava semanalmente um maço de tarefas. Por alguma razão, eu não conseguia fazê-las. Com o papel em branco e o dicionário preto de latim em cima da mesa, a perspectiva da tarefa enfadonha estorvava, envenenava meu lazer, mas, por alguma razão, eu não conseguia começar e, quando chegava o fim das férias, eu tinha enviado ao sr. Batchelor apenas umas cinquenta ou cem linhas. Em parte, isso certamente era porque Sambo e sua vara estavam bem longe. Mas, mesmo no período de aulas, eu também tinha fases de preguiça e embotamento, sentia-me cada vez mais infeliz e até me comportava com uma espécie de birra infantil e choraminguenta, plenamente ciente de minha culpa, e mesmo assim sem conseguir ou sem querer – eu não tinha certeza qual dos dois – me dedicar mais. Então Sambo ou Flip mandava me chamar, e dessa vez nem varadas havia.

Flip me escrutava com seus olhos sinistros. (De que cor seriam?, pergunto-me eu. Lembro-me deles como verdes, mas nenhum ser humano tem olhos realmente verdes. Talvez fossem cor de avelã.) Então ela começava em seu estilo peculiar, envolvente e intimidador, que nunca deixava de atravessar nossas defesas e atingir diretamente nossas melhores tendências.

– Não me parece ser a coisa mais meritória do mundo se comportar dessa maneira, não é? Você crê que está sendo justo com seu pai e sua mãe, perdendo tempo dessa maneira, semana após semana, mês após mês? Você *quer* mesmo desperdiçar todas as suas chances? Você sabe que sua família não é rica, não sabe? Você sabe que eles não têm as mesmas condições dos pais de outros meninos. Como eles vão enviá-lo para uma escola pública se você não conseguir uma bolsa de estudos? Sei o quanto sua mãe se orgulha de você. Você quer *mesmo* decepcioná-la?

– Creio que ele não quer mais ir para uma escola pública – dizia Sambo, dirigindo-se a Flip e fazendo de conta que eu nem estava ali. – Creio que ele desistiu da ideia. Quer ser um ajudantezinho de escritório a quarenta libras anuais.

A essas alturas, eu já me sentia assaltado pela sensação horrível de que ia chorar – sentia um inchaço no peito, uma coceira atrás do nariz. Flip então lançava seu grande trunfo:

– E você pensa que esse seu comportamento é justo para *conosco*? Depois de tudo o que temos feito por você? Você *sabe* o que temos feito por você, não sabe?

Os olhos dela me penetravam fundo e, embora ela nunca dissesse diretamente, eu *sabia*.

– Estamos com você aqui todos esses anos. Até ficamos com você aqui durante uma semana inteira nas férias, para que o sr.

Batchelor pudesse lhe dar aulas de reforço. Não *queremos* ter de mandá-lo embora, sabe, mas não podemos manter um garoto aqui só comendo nossa comida, semestre após semestre. *Eu* não creio que a maneira como você está se comportando seja muito correta. E você?

Eu nunca tinha resposta alguma, a não ser um infeliz "Não, Mum" ou "Sim, Mum", conforme o caso. Claro que a maneira como eu estava me comportando *não era* correta. E em algum momento a lágrima indesejada sempre forçava caminho pelo canto do olho, escorria pelo nariz e caía.

Flip nunca dizia com todas as letras que eu era um aluno não pagante, certamente porque frases mais vagas como "tudo o que temos feito por você" tinham maior apelo emocional. Sambo, que não pretendia conquistar o afeto dos alunos, colocava a coisa em termos mais brutais, embora, como de hábito, em linguagem pomposa. Sua frase predileta nessas situações era "Você está vivendo de minha prodigalidade". Ouvi pelo menos uma vez essas palavras enquanto levava as vergastadas. Devo dizer que tais cenas não eram frequentes e, exceto numa ocasião, não ocorriam na presença de outros garotos. Em público, relembravam-me que eu era pobre e que meus pais "não teriam condições" para isso ou aquilo, mas não relembravam minha situação de dependente. Era um argumento final e irretorquível, a ser usado como instrumento de tortura quando meu desempenho se tornasse excepcionalmente ruim.

Para entender o efeito dessas coisas numa criança de dez ou doze anos de idade, é preciso lembrar que a criança tem pouco senso de proporção ou de probabilidade. Uma criança pode ser um bloco maciço de egoísmo e rebeldia, mas não tem experiência acumulada que lhe dê confiança em seus próprios julgamentos. De modo geral, ela aceitará o que dizem e acreditará da maneira mais absurda no conhecimento e nos poderes dos adultos a seu redor. Segue um exemplo.

Comentei que, na St Cyprian, não podíamos ficar com nosso dinheiro. No entanto, era possível guardar um ou dois xelins, e às vezes, furtivamente, eu comprava doces que escondia entre a hera que cobria o muro do campo de esportes. Um dia, quando me mandaram fazer um serviço na rua, entrei numa doceria a quase dois quilômetros de distância da escola e comprei alguns chocolates. Ao sair da doceria, vi na outra calçada um homenzinho de traços muito marcados, que parecia encarar fixamente meu boné de escola. Na mesma hora fui tomado por um medo terrível. Não podia haver dúvida sobre aquele homem. Era um espião que Sambo mandara ali! Dei meia-volta aparentando indiferença, e então, como se minhas pernas agissem por conta própria, saí numa corrida destrambelhada. Mas, quando virei na esquina seguinte, obriguei-me a retomar um passo normal, pois correr era sinal de culpa e claro que devia haver outros espiões espalhados pela cidade. Passei aquele dia todo e o dia seguinte também aguardando uma convocação ao gabinete, e fiquei surpreso quando não veio convocação alguma. Não me parecia estranho que o diretor de uma escola particular dispusesse de um exército de informantes, e nem me passou pela cabeça que teria de pagá-los. Supunha que qualquer adulto, dentro ou fora da escola, colaboraria voluntariamente para impedir que violássemos as regras. Sambo era onipotente; nada mais natural que tivesse agentes por toda parte. Quando ocorreu esse episódio, creio que eu já devia ter doze anos ou mais.

Eu odiava Sambo e Flip com uma espécie de ódio envergonhado e cheio de remorsos, mas não me passava pela cabeça duvidar do julgamento deles. Quando me diziam que precisaria ganhar uma bolsa de estudos para uma escola pública ou então viraria um ajudante de escritório aos catorze anos de idade, eu realmente acreditava que essas eram as únicas e inevitáveis alternativas diante de mim. E, acima de tudo, eu acreditava quando Sambo e Flip me diziam que eram meus benfeitores. Claro que agora vejo que, do ponto de vista de Sambo, eu era um bom investimento. Ele aplicava dinheiro em mim e aguardava o retorno em forma de prestígio. Se eu "desandasse", como às vezes ocorre com meninos promissores, imagino que ele se livraria rapidamente de mim. No caso, porém, chegada a hora, rendi bolsas de estudos que, sem dúvida alguma, ele utilizou fartamente em seus prospectos. Mas, para uma criança, é difícil entender que uma escola é basicamente uma empresa comercial. A criança acredita que a escola existe para educar e que o professor lhe aplica castigos para seu próprio bem ou porque gosta de intimidar. Flip e Sambo tinham optado por cuidar de mim, e esse cuidado incluía surras, repreensões e humilhações, que eram boas para mim e me salvavam de uma banqueta de escritório. Era a versão deles, e eu acreditava nela. Portanto, estava claro que eu tinha para com eles uma enorme dívida de gratidão. Só que eu sabia muito bem que *não* me sentia grato. Pelo contrário, odiava os dois. Não conseguia controlar meus sentimentos íntimos e não podia escondê-los a mim mesmo. Mas é errado odiar nossos benfeitores, não é? Assim me ensinaram, e assim acreditava eu. Uma criança aceita os códigos de comportamento que lhe são apresentados, mesmo quando ela os transgride. Desde os oito anos, ou mesmo antes, a consciência de agir mal nunca se afastou muito de mim. Se eu me esforçava em parecer teimoso e desafiador, isso era apenas um fino véu que cobria um bloco maciço de vergonha e desalento. Passei toda a minha meninice com a profunda convicção de que eu não era uma boa pessoa, de que estava desperdiçando meu tempo, estragando meus talentos, comportando-me de maneira monstruosamente tola, maldosa e ingrata – e tudo isso parecia inevitável, porque eu vivia entre leis que eram absolutas, como a lei da gravidade, mas que me era impossível seguir.

III

Ninguém é capaz de rememorar seus tempos de escola e dizer com plena sinceridade que foram totalmente infelizes.

Tenho boas lembranças da St Cyprian em meio a uma infinidade de más lembranças. Às vezes, nas tardes de verão, fazíamos excursões maravilhosas pelos morros dos Downs até um vilarejo chamado Birling Gap ou até Beachy Head, onde tomávamos perigosos banhos de mar entre os penhascos, e voltávamos para a escola lanhados da cabeça aos pés. E, no meio do verão, havia noites ainda mais maravilhosas quando, como um presente especial, não nos mandavam para a cama como de costume, mas podíamos passear pela área durante o longo crepúsculo, terminando com um mergulho na piscina por volta das nove horas. Havia a alegria de acordar cedo nas manhãs de verão e ter uma hora inteira de leitura sem ser perturbado (meus autores prediletos na meninice eram Ian Hay, Thackeray, Kipling e H.G. Wells), no dormitório iluminado pelo sol. Também havia o críquete, que eu não jogava bem, mas com o qual mantive uma espécie de caso amoroso desesperançado até mais ou menos os dezoito anos de idade. E havia o prazer de pegar lagartas de borboletas e mariposas – a lagarta sedosa verde e vermelha da *Cerura vinula*, a verde espectral da *Laothoe populi*, a da *Sphinx ligustri*, do tamanho de um dedo do meio, espécimes que podiam ser comprados ilicitamente por seis pence numa loja da cidade – e, quando conseguíamos escapar por tempo suficiente do professor que estava "fazendo a caminhada", havia a emoção de vasculhar as lagoas artificiais dos Downs, procurando pererecas enormes com a barriga alaranjada. Essa atividade de sair numa caminhada, topando com algo de interesse fascinante e então sendo arrancado dali pelo grito do professor, como um cachorro levando um puxão pela trela, é uma característica importante da vida escolar e ajuda a formar a convicção, tão forte em muitas crianças, de que as coisas que a gente mais quer fazer são sempre inalcançáveis.

Algumas raras vezes, talvez uma vez a cada verão, era possível escapar por completo ao clima de quartel da escola, quando Brown, o professor assistente, era autorizado a levar um ou dois meninos para passar a tarde caçando borboletas numa área comunal a alguns quilômetros dali. Brown tinha cabelo branco e rosto vermelho como um morango, era bom em história natural, em fazer moldes de gesso, em lidar com lanternas mágicas e coisas do gênero. Ele e o sr. Batchelor eram os únicos adultos com alguma ligação com a escola que eu não temia nem detestava. Uma vez, ele me levou a seu quarto e me mostrou sigilosamente um revólver cromado com cabo de madrepérola – seu "seis-tiros", como dizia –, que guardava numa caixa debaixo da cama, e, oh, a alegria daquelas expedições ocasionais! Seguir uns três ou quatro quilômetros por um pequeno ramal ferroviário solitário, a tarde correndo de um lado e do outro com grandes redes verdes nas mãos, a beleza das enormes libélulas que pairavam no alto dos capins, o frasco sinistro com seu cheiro doentio para guardar os insetos, e então o chá numa sala de bar com fatias grossas de bolo amarelinho claro! A essência da coisa era o percurso pela ferrovia, que parecia colocar uma distância mágica entre nós e a escola.

Flip, como era típico de sua parte, desaprovava essas excursões, embora sem chegar a proibi-las efetivamente. "E vocês andaram pegando *borboletinhas*?", dizia com um sorriso desdenhoso quando voltávamos, imprimindo à voz o tom mais infantil possível. Do ponto de vista dela, a história natural (que provavelmente chamaria de "caça a insetos") era uma atividade pueril pela qual os meninos deviam ser ridicularizados o mais cedo possível. Além disso, era algo levemente plebeu, tradicionalmente associado a meninos que usavam óculos e não eram bons nos esportes, não ajudava a passar nos exames e, acima de tudo, emanava cheiro de ciência, sendo, portanto, uma ameaça à educação clássica. Era preciso um considerável esforço moral para aceitar o convite de Brown. Como me apavorava aquele desdém pelas *borboletinhas*! Brown, porém, que estava na escola desde o começo, construíra uma certa independência para si próprio: parecia saber lidar com Sambo e em boa medida ignorava Flip. Se acontecia de alguma vez os dois estarem ausentes, Brown atuava como diretor interino; nessas ocasiões, em vez de ler a passagem marcada para o culto matinal daquele dia, ele nos lia histórias dos Apócrifos.

As boas lembranças de minha infância, e mesmo até meus vinte anos, estão na maioria ligadas a animais. Quanto à St Cyprian, quando rememoro, também parece que todas as minhas boas lembranças se situam no verão. No inverno, a gente vive com o nariz escorrendo, os dedos ficam entorpecidos demais para abotoar a camisa (o que era uma especial desgraça nos domingos, quando usávamos colarinho modelo Eton), havia o pesadelo diário do futebol – o frio, a lama, a bola pegajosa e medonha que vinha zunindo na cara da gente, as joelhadas e os pisões de bota que levávamos dos meninos maiores. Em parte, o problema era que, a partir dos dez anos, raramente eu estava bem de saúde durante o inverno, pelo menos no período de aulas. Eu tinha problemas de formação nos brônquios, bem como uma lesão num dos pulmões que só foi descoberta muitos anos depois. Por isso sofria de tosse crônica e, ademais, era um tormento correr. Naqueles dias, porém, "chiadeira" ou "peito inchado", como diziam, era coisa imaginária ou tida como um distúrbio essencialmente moral, causado pela gula. "Você chia feito uma gaita", dizia Sambo em tom reprovador, de pé atrás de minha cadeira. "É porque você vive se entupindo de comida." Minha tosse era tratada como "tosse do estômago", que ficava parecendo algo repulsivo e repreensível. A cura era correr; se a gente corresse bastante, por fim "limpava o peito".

É curioso ver o grau, não digo de efetiva dureza, mas de descaso e privação que se considerava normal nas escolas de elite da época. Parecia natural, quase como nos tempos de Thackeray, que um menino de oito ou dez anos de idade fosse uma criaturinha remelenta, de cara quase sempre suja, as mãos rachadas, as unhas roídas, o lenço uma coisa encharcada, horrorosa, as nádegas frequentemente roxas de equimoses. Em parte, era por causa da perspectiva do desconforto físico concreto que, nos dias finais das férias, a ideia de voltar para a escola pesava feito um bloco de chumbo dentro do peito. Uma lembrança característica da St Cyprian era a dureza espantosa da cama na primeira noite do semestre escolar. Como era uma escola cara, o fato de frequentá-la constituía um avanço social para mim, e no entanto o padrão de conforto era, em todos os aspectos, muito inferior ao de minha casa ou ao que haveria num lar próspero de trabalhadores. Tomávamos apenas um banho quente por semana, por exemplo. A comida, além de ruim, era insuficiente. Nunca vi antes e nunca voltei a ver depois uma camada tão fina de manteiga ou de geleia no pão. Não creio que seja imaginação minha que fôssemos subnutridos quando lembro a que ponto chegávamos para conseguir roubar um pouco de comida. Em várias ocasiões, lembro que me esgueirava às duas ou três da madrugada por escadas e corredores escuros feito breu, que pareciam ter quilômetros de extensão – descalço, parando a cada passo para aguçar os ouvidos, paralisado de medo tanto de Sambo quanto de fantasmas e de ladrões – para roubar da despensa um pedaço de pão dormido. Os professores assistentes faziam suas refeições junto conosco, mas recebiam uma comida um pouco melhor, e, se houvesse a mínima chance, era usual roubar os farelos de torresmo ou de batata frita que sobravam depois de retirados os pratos.

Como sempre, eu não via a razão comercial sólida para essa alimentação tão escassa. Aceitava no geral a posição de Sambo, para quem o apetite de um menino é uma espécie de crescimento mórbido que se devia refrear até onde fosse possível. Segundo uma máxima que nos repetiam muito na St Cyprian, o saudável é sair da mesa com a mesma fome que se sentia antes de se sentar a ela. Uma mera geração antes, era comum que as refeições escolares começassem com uma fatia de pudim de sebo sem açúcar, que, como se dizia abertamente, "acabava com o apetite dos meninos". Mas a comida insuficiente era, provavelmente, menos flagrante nas escolas preparatórias, onde o garoto dependia totalmente da alimentação oficial, do que nas escolas públicas, onde ele podia comprar – na verdade, esperava-se que comprasse – mais alimentos para si. Em algumas escolas, o aluno literalmente não teria o suficiente para comer a menos que comprasse um suprimento periódico de ovos, linguiças, sardinhas etc., e os pais tinham de lhe dar dinheiro para isso. Em Eton, por exemplo, pelo menos no College, o garoto não recebia nenhum alimento sólido após a refeição do meio-dia. Na merenda da tarde, recebia um pouco de sopa ou de peixe frito – ou, com mais frequência, pão e queijo – e água para beber. Sambo foi visitar o filho mais velho em Eton e voltou transbordando de êxtase e soberba com o luxo em que os garotos viviam. "Dão a eles peixe frito na hora do chá!", exclamou com a cara redonda rebrilhando de orgulho. "Não existe escola igual no mundo." Peixe frito! O prato costumeiro do mais pobre dos trabalhadores! Em internatos baratos, certamente era pior. Tenho uma velha lembrança de ver os alunos de uma escola primária – filhos, provavelmente, de agricultores e lojistas – comendo miúdos fervidos.

Todos que escrevem sobre sua infância precisam ter cuidado com os exageros e a autopiedade. Não estou dizendo que eu era um mártir ou que a St Cyprian era uma espécie de Dotheboys Hall.* Mas eu estaria falseando minhas lembranças pessoais se não apontasse que são, em larga medida, lembranças desagradáveis. Tal como me lembro, a vida que levávamos, com gente demais e higiene de menos, era asquerosa. Se fecho os olhos e digo "escola", claro que a primeira coisa que vem à mente é a área física: o campo de esportes, com o pavilhão de críquete e o telheirinho para tiro ao alvo, os dormitórios com vento encanado, os corredores de assoalho áspero e empoeirado, a quadra de asfalto na frente do ginásio, a coroa de pinho rústico na parte de trás. E em quase todos os aspectos se sobressai algum detalhe emporcalhado. Por exemplo, havia as terrinas de estanho de onde nos serviam o ensopado. Elas tinham as bordas arredondadas, e por baixo das bordas acumulavam-se restos de

---

* A triste e rigorosíssima escola pintada por Charles Dickens em *Nicholas Nickleby*. (N.T.)

ensopado velho que, ao ser puxados, saíam em longos filetes. O próprio ensopado continha grumos, fios de cabelo e troços pretos inidentificáveis numa quantidade maior do que se julgaria possível, a menos que tivessem sido postos ali de propósito. Era sempre recomendável dar uma boa olhada no ensopado antes de começar a comer. E havia a água viscosa da piscina – tinha 4 ou 5 metros de comprimento; todos os alunos da escola deviam entrar nela todos os dias de manhã, e duvido que trocassem a água com muita frequência – e as toalhas sempre úmidas e com cheiro azedo; além disso, nas ocasionais idas de inverno aos Banhos Públicos locais, havia também a água turva do mar, que vinha direto da praia e na qual, uma vez, vi excrementos humanos boiando. E o cheiro suarento do vestiário com suas pias engorduradas e, dando para elas, os reservados com as privadas imundas e dilapidadas, sem qualquer tranca ou ferrolho na porta, de modo que, quando a gente estava sentado ali, certamente alguém ia entrar de supetão. Para mim, é difícil pensar nos tempos de escola sem ter a impressão de sentir um bafo frio e fétido – uma mistura de meias suadas, toalhas sujas, cheiro de fezes pelos corredores, os dentes dos garfos com resto de comida velha grudada, ensopado de pescoço de carneiro, as portas dos banheiros batendo, o eco dos urinóis nos dormitórios.

Vá lá que não sou gregário por natureza, e que essas facetas da vida ligadas a privadas e lenços sujos inevitavelmente se destacam mais quando há muita gente apinhada num espaço pequeno. Também é ruim numa caserna e certamente pior numa prisão. Além disso, a meninice é a idade da implicância. A gente, depois que aprende a diferenciar e antes de se calejar – entre os sete e os dezoito anos, digamos –, sempre se sente andando numa corda bamba em cima de uma cloaca. Mesmo assim, não creio que eu esteja exagerando a insalubridade da vida escolar quando lembro a que ponto a saúde e o asseio eram deixados de lado, apesar de todo o falatório sobre o ar fresco, a água fria e o treino rigoroso. Era comum ficar com prisão de ventre por dias a fio. Na verdade, a gente não se sentia muito incentivado a cuidar dos intestinos, pois os únicos laxantes admitidos eram o óleo de rícino e um líquido quase tão horroroso, preparado com alcaçuz em pó. Devíamos ir todas as manhãs ao banho na piscina, mas alguns escapavam durante dias seguidos, simplesmente sumindo na hora em que o sino tocava ou seguindo pela borda da piscina entre a multidão, sem entrar, e só molhando o cabelo com um pouco de água suja que pegavam do chão. Um garoto de oito ou nove anos não se manterá necessariamente limpo se não houver alguém fiscalizando. Havia um calouro chamado Hazel, um menino bonito, um queridinho da mamãe, que chegou um pouco antes de eu sair de lá. A primeira coisa que notei nele foram os dentes, de um belo branco perolado. No final do semestre, seus dentes estavam com um tom esverdeado espantoso. Pelo jeito, ninguém tivera interesse suficiente por Hazel, durante todo aquele tempo, para conferir se ele estava escovando os dentes.

Mas as diferenças entre o lar e a escola eram, claro, mais do que físicas. Aquele impacto do colchão duro, na primeira noite do semestre, costumava me dar uma sensação de brusco despertar, uma sensação de "Essa é a realidade, é contra isso que você protesta". Nosso lar podia estar longe de ser perfeito, mas pelo menos era um lugar governado pelo amor e não pelo medo, onde a gente não precisava se manter sempre em guarda contra as pessoas ao redor. E aí, aos oito anos de idade, de repente nos arrancam desse ninho aconchegante e nos atiram a um mundo de força, de fraude, de sigilo, como um peixe dourado atirado a um tanque cheio de lúcios carnívoros. Não tínhamos reparação, qualquer que fosse o grau de assédio.

Nossa única defesa era sermos furtivos, coisa que, salvo algumas circunstâncias estritamente definidas, era o pecado supremo. Escrever para casa e pedir que os pais viessem nos buscar seria ainda mais inconcebível, pois seria admitir que nos sentíamos infelizes e éramos impopulares, coisa que um menino jamais faria. Meninos são *erewhonians*:* pensam que o infortúnio é uma coisa vergonhosa e precisa ser ocultado a qualquer custo. Talvez se considerasse admissível reclamar com os pais sobre a comida ruim, as varadas injustificadas ou outros maus-tratos infligidos pelos professores, não pelos meninos. Sambo nunca batia nos meninos mais ricos, o que sugere que às vezes algum garoto reclamava com os pais. Mas, em minhas condições específicas, nunca poderia pedir que meus pais interviessem em meu favor. Mesmo antes de entender que eu estava ali com desconto, percebia que eles tinham alguma obrigação para com Sambo e, portanto, não poderiam me proteger contra ele. Já comentei que nunca tive um taco de críquete em todo o tempo que passei na St Cyprian. Haviam-me dito que era porque "seus pais não teriam como pagar". Um dia, nas férias, eu soube por um comentário de passagem que eles tinham fornecido à escola dez xelins para me comprarem um: apesar disso, não apareceu nenhum taco de críquete. Não comentei nada com meus pais, muito menos com Sambo. Como poderia? Eu dependia dele, e os dez xelins eram apenas uma ínfima parcela do que eu lhe devia. Agora entendo, claro, que é extremamente improvável que Sambo tivesse apenas embolsado o dinheiro. Decerto o assunto simplesmente lhe saiu da cabeça. Mas a questão é que supus que ele embolsara o dinheiro e que tinha o direito, se quisesse, de proceder assim.

---

* Menção à obra de Samuel Butler, *Erewhon*, anagrama de *nowhere* ("lugar nenhum"). (N.T.)

Pode-se ver a dificuldade de um garoto em ter qualquer atitude realmente independente na maneira como nos comportávamos com Flip. Creio que seria verdade dizer que todos os meninos da escola odiavam e tinham medo dela. Apesar disso, todos nós nos desdobrávamos para agradá-la da maneira mais servil, e nossos sentimentos por ela vinham encimados por uma espécie de lealdade carregada de culpa. Flip, embora a disciplina da escola dependesse mais dela do que de Sambo, não tinha maiores pretensões de ministrar uma justiça estrita e imparcial. Ela era francamente caprichosa. Uma ação que hoje podia nos valer uma surra podia, no dia seguinte, ser descartada entre risos como uma brincadeira infantil ou até elogiada porque "mostrou que você tem fibra". Nuns dias, todo mundo se encolhia diante daqueles olhos fundos e acusadores; noutros dias, ela parecia uma rainha coquete rodeada de amantes da corte, rindo, gracejando, distribuindo prodigalidades ou promessas de prodigalidade ("E, se você ganhar o Prêmio Harrow de História, vou lhe dar uma caixa nova para sua máquina fotográfica!"), de vez em quando até pondo três ou quatro favoritos em seu Ford e levando-os a uma confeitaria na cidade, onde podiam comprar café e bolinhos. Flip, para mim, estava indissociavelmente ligada à rainha Elizabeth, cujas relações com Leicester, Essex e Raleigh me eram compreensíveis desde pequeno. Uma palavra que usávamos constantemente ao falar de Flip era "graças". "Estou em boas graças", dizíamos, ou "Caí de suas graças". À exceção da meia dúzia de meninos muito ricos ou com título, ninguém se mantinha permanentemente em suas boas graças, mas, por outro lado, mesmo os párias recebiam de vez em quando algumas amostras dessas suas boas graças. Assim, embora minhas lembranças de Flip sejam na maioria hostis, também recordo alguns períodos consideráveis quando eu me aquecia a seus sorrisos, quando ela me chamava de "meu chapa" e me tratava pelo primeiro nome, e me deixava frequentar sua biblioteca particular, onde tive meu primeiro contato com *A feira das vaidades*. O sinal supremo de boas graças era ser convidado para servir à mesa nos domingos à noite, quando Flip e Sambo recebiam convidados para o jantar. Ao retirar os pratos, a gente tinha chance, claro, de pegar os restos, mas também o prazer servil de ficar de pé atrás dos convivas sentados e se apressar a atender com toda a deferência quando queriam alguma coisa. Sempre que dava para bajular, a gente bajulava e, ao primeiro sorriso, nosso ódio se transformava numa espécie de amor subserviente. Eu sempre sentia um imenso orgulho quando conseguia que Flip soltasse uma risada. Até cheguei, por ordem dela, a escrever alguns *vers d'occasion*, versos cômicos para celebrar eventos memoráveis na vida da escola.

Quero deixar claro que eu não era rebelde, a não ser por força das circunstâncias. Aceitava os códigos que encontrei ao chegar. Uma vez, no final de minha presença na escola, até delatei sigilosamente a Brown um caso suspeito de homossexualidade. Não sabia muito bem o que era homossexualidade, mas sabia que acontecia e era coisa má, e que esse era um dos contextos em que o correto era denunciar. Brown me disse que eu era "um bom sujeito", o que me fez sentir uma vergonha terrível. Diante de Flip, a gente se sentia indefeso como uma serpente na frente de um encantador de serpentes. Ela tinha um vocabulário quase invariável de elogios e críticas, uma série toda de frases feitas, cada qual gerando imediatamente a reação adequada. Tinha o "*Força aí*, meu chapa!", que inspirava um enorme surto de energia; tinha o "Não seja *tonto!*" (ou o "É pat*ééé*tico, não é?), que fazia a gente se sentir um parvo de nascença; tinha o "Não é muito correto de sua parte, é?", que sempre nos levava à beira das lágrimas. E o tempo todo eu sentia dentro de mim, bem lá no fundo, um eu interior incorruptível que sabia que, em qualquer coisa que a gente fizesse – risse, choramingasse, sentisse um frenesi de gratidão por pequenos favores –, o único sentimento autêntico era o ódio.

IV

Aprendi desde cedo na vida que podemos agir mal contra nossa vontade, e não demorou muito para que eu aprendesse também que podemos agir mal sem nunca vir a saber o que fizemos ou por que aquilo era errado. Existiam pecados sutis demais para ser explicados e existiam outros terríveis demais para ser mencionados às claras. Por exemplo, havia o sexo, que estava sempre borbulhando sob a superfície e, quando eu tinha uns doze anos, estourou de repente e criou um tremendo tumulto.

Em algumas escolas preparatórias, a homossexualidade não é problema, mas creio que a St Cyprian ficou "manchada" por causa dos garotos sul-americanos, que talvez amadurecessem um ou dois anos antes do que os garotos ingleses. Naquela idade, eu não estava interessado e, assim, não sei o que se passava de fato, mas imagino que era masturbação em grupo. De todo modo, um dia a tempestade explodiu de repente sobre nós. Houve convocações, interrogatórios, confissões, açoitamentos, arrependimentos, sermões solenes dos quais a gente não entendeu nada, a não ser que fora cometido um pecado irredimível, conhecido como "abominação" ou "bestialidade". Um dos líderes do grupo, um menino chamado Horne, foi fustigado, segundo testemunhas oculares, por quinze minutos ininterruptos e depois foi expulso. Seus gritos ressoavam pela casa. Mas todos nós, em maior ou menor grau, estávamos ou nos sentíamos implicados. A culpa parecia pairar no ar como fumaça ou como uma mortalha. Um solene palerma, de cabelo preto, que era professor assistente e mais tarde se tornaria membro do Parlamento, levou os meninos mais velhos a uma sala fechada e fez um discurso sobre o Templo do Corpo.

– Vocês não entendem a coisa maravilhosa que é o corpo de vocês? – disse ele gravemente. – Vocês falam de seus carros, de seus Rolls-Royces e Daimlers e tal. Não percebem que não existe nenhuma máquina que se possa comparar ao corpo de vocês? E aí vão, estragam, arruínam o corpo... pelo resto da vida!

Virou seus olhos negros cavernosos para mim e acrescentou em tom de tristeza:

– E você, que sempre acreditei ser, à sua maneira, uma pessoa muito decente... você, pelo que eu soube, é um dos piores.

Baixou sobre mim a sensação de um juízo final. Então eu também era culpado. Eu também tinha feito a coisa pavorosa, fosse lá o que fosse, que destruía corpo e alma pelo resto da vida e levava ao suicídio ou ao manicômio. Até aquele momento, eu tinha esperanças de ser inocente, e a convicção de ter pecado que agora se apoderava de mim era talvez ainda mais forte porque eu não sabia o que havia feito. Não estava entre os interrogados e açoitados, e só muito depois de terminado o tumulto é que eu soube do episódio trivial que trouxera meu nome à baila. Mesmo aí, continuei a não entender nada. Só dois anos depois é que entendi plenamente a que se referia aquele sermão sobre o Templo do Corpo.

Naqueles tempos, eu era quase assexuado, o que é normal ou, pelo menos, comum entre meninos dessa idade; assim, estava na posição de saber e, ao mesmo tempo, não saber o que se costumava chamar de Fatos da Vida. Aos cinco ou seis anos, como muitas crianças, eu passara por uma fase de sexualidade. Meus amigos eram os filhos do encanador que morava um pouco mais adiante de casa, e às vezes fazíamos brincadeiras de tipo levemente erótico. Uma delas era "brincar de médico", e lembro que senti uma leve emoção, decididamente agradável, ao segurar uma corneta de brinquedo, que fazia as vezes de um estetoscópio, sobre a barriga de uma menina. Na mesma época, na escola do convento que eu frequentava, vim a me apaixonar profundamente por uma mocinha chamada Elsie, com uma enorme adoração que jamais voltei a sentir por alguém. Parecia-me adulta, então imagino que ela devia ter uns quinze anos. Depois disso, passei muitos anos sem qualquer sentimento sexual. Aos doze, sabia mais do que antes, mas entendia menos, pois esquecera o fato essencial de que existe algo de prazeroso na atividade sexual. Entre os sete e os catorze anos, mais ou menos, todo esse assunto me parecia totalmente sem graça e, quando era obrigado por alguma razão a pensar nele, também repugnante. Meu conhecimento sobre os ditos Fatos da Vida derivava dos animais e, portanto, era distorcido e, de toda forma, apenas intermitente. Eu sabia que os animais copulavam e que os seres humanos tinham corpo semelhante ao dos animais: mas que os seres humanos também copulavam, eu só sabia, por assim dizer, de maneira relutante, quando alguma coisa, uma passagem na Bíblia, por exemplo, me obrigava a me lembrar disso. Não tendo desejo, eu não tinha curiosidade e estava disposto a deixar muitas perguntas sem resposta. Assim, em princípio eu sabia como um bebê nascia dentro da mulher, mas não sabia como saía de dentro dela, pois nunca seguira adiante no assunto. Sabia todos os palavrões e, nos momentos de irritação, repetia-os a mim mesmo, mas não sabia, nem queria saber o que os piores significavam. Eram abstratamente maus, uma espécie de feitiço verbal. Enquanto me mantive nesse estado, era fácil continuar ignorando qualquer má ação sexual que me ocorresse e, mesmo quando estourou aquele tumulto, continuei igualmente ignorante. No máximo, por entre as terríveis advertências veladas de Flip, de Sambo e de todos os demais, percebi que o crime de que éramos culpados estava de alguma maneira associado aos órgãos sexuais. Eu percebera, sem sentir muito interesse, que o pênis às vezes se levanta sozinho (isso começa a acontecer com os meninos muito antes que tenham qualquer desejo sexual consciente), e estava propenso a acreditar ou meio acreditar que *este* devia ser o crime. Em todo caso, era algo que tinha a ver com o pênis – isso eu entendi. Não tenho a menor dúvida de que muitos outros meninos se sentiam igualmente no escuro.

Depois da preleção sobre o Templo do Corpo (em retrospecto, parece que isso foi dias depois: o tumulto aparentemente se prolongou por vários dias), estávamos nós, uns doze meninos, sentados numa mesa comprida e lustrosa que Sambo usava para o curso preparatório, sob o olhar dominador de Flip. Um longo gemido desolado soou num aposento acima. Um garoto muito pequeno chamado Ronalds, que tinha no máximo uns dez anos de idade, envolvido de alguma maneira na história, estava sendo açoitado ou se recuperava de um açoitamento. Àquele som, os olhos de Flip escrutaram nossos rostos e pousaram em mim.

– *Está vendo?* – disse ela.

Não garanto que ela tenha dito "Está vendo o que você fez?", mas o sentido era esse. Estávamos todos encurvados de vergonha. Era culpa *nossa*. De uma maneira ou outra, tínhamos levado o pobre Ronalds para o caminho errado: *nós* éramos responsáveis pela dor e pela ruína dele. Então Flip se virou para outro menino, chamado Heath. Isso foi trinta anos atrás, e não lembro com certeza se ela apenas citou um versículo da Bíblia ou se realmente pegou uma Bíblia e mandou Heath ler; em todo caso, a passagem indicada era: "E, se alguém fizer tropeçar um destes pequeninos que creem em mim, seria melhor para esse que uma grande pedra de moinho fosse pendurada ao seu pescoço e fosse afogado na profundeza do mar".*

Isso também foi terrível. Ronalds era um desses pequeninos e nós o fizéramos tropeçar; melhor seria que nos pendurassem ao pescoço uma pedra de moinho e fôssemos afogados na profundeza do mar.

– Você pensou nisso, Heath, você pensou no que significa isso? – indagou Flip.

E Heath rompeu em lágrimas.

Outro menino, Beacham, que já mencionei, ficou igualmente arrasado de vergonha à acusação de que "estava com os olhos cercados de olheiras escuras".

– Você se olhou no espelho ultimamente, Beacham? – perguntou Flip. – Não tem vergonha de andar por aí com uma cara dessas? Pensa que ninguém sabe o que significa quando um menino está com os olhos cercados de olheiras escuras?

Mais uma vez, senti sobre mim o peso da culpa e do medo. Estaria *eu* com olheiras escuras? Uns dois anos depois, entendi que elas eram vistas como sinais que denunciavam os masturbadores. Mas naquele momento, sem saber disso, já aceitei as olheiras escuras como sinal inequívoco de depravação, de *algum* tipo de depravação. E, mesmo antes de entender o suposto sentido delas, passei a me olhar várias vezes no espelho, buscando os primeiros indícios daquele terrível estigma, a confissão que o pecador secreto escreve no próprio rosto.

---

* Mateus 18:6. (N.T.)

Esses terrores passaram, ou se tornaram apenas esporádicos, sem afetar o que poderíamos chamar de minhas crenças oficiais. Eu ainda acreditava no manicômio e no túmulo do suicida, mas já não me assustavam tanto. Alguns meses depois, revi por acaso Horne, o líder do grupo que fora açoitado e expulso. Horne era um dos párias, com pais de classe média baixa, o que, sem dúvida, contribuíra para que Sambo o tivesse tratado com tanta rispidez. Depois de expulso, ele foi para o Eastbourne College, a pequena escola pública local, objeto de imenso desprezo na St Cyprian, que não a considerava de forma alguma como escola pública "de verdade". Apenas uns poucos garotos da St Cyprian iam para lá, e Sambo sempre falava deles com uma espécie de piedade desdenhosa. O sujeito não teria a menor chance se fosse para uma escola como aquela: na melhor das hipóteses, teria como destino ser um amanuense. Em minha cabeça, Horne já perdera, aos treze anos, qualquer esperança de ter um futuro decente. Em termos físicos, morais e sociais, ele estava acabado. Além disso, imaginei que seus pais o tinham enviado para o Eastbourne College porque, depois de sua desgraça, nenhuma "boa" escola o aceitaria.

No semestre seguinte, quando fazíamos um passeio, cruzamos com Horne na rua. Parecia inteiramente normal. Era um garoto de físico robusto, de boa aparência, com cabelo preto. Notei de imediato que estava com uma aparência melhor do que na última vez em que o vira – a tez, que antes era bastante pálida, estava mais rosada – e não mostrou qualquer constrangimento ao nos encontrar. Pelo visto, não sentia vergonha por ter sido expulso nem por estar no Eastbourne College. A depreender da maneira como nos olhou enquanto passávamos em fila a seu lado, estava era contente por ter escapado da St Cyprian. Mas aquele encontro não me causou grande impressão.

Não inferi nada do fato de que Horne, com corpo e alma arruinados, parecia muito contente e em boa saúde. Eu ainda acreditava na mitologia sexual que Sambo e Flip me haviam ensinado. Os terríveis e misteriosos perigos ainda estavam ali. A qualquer manhã, podiam aparecer olheiras escuras em volta dos olhos e saberíamos que também estávamos entre os perdidos. Só que isso já não parecia ter muita importância. Essas contradições podem conviver facilmente no espírito de uma criança, graças à sua vitalidade. Ela aceita – como poderia não aceitar? – os absurdos que seus superiores lhe dizem, mas o corpo jovem e o encanto do mundo físico lhe dizem outra coisa. Era a mesma coisa com o Inferno, no qual acreditei oficialmente até os catorze anos de idade. Era praticamente certo que o Inferno existia, e às vezes um sermão eloquente podia despertar um surto de pavor. Mas, por alguma razão, nunca durava. O fogo que nos aguardava era fogo de verdade, doeria como quando queimamos um dedo, e *para sempre*, mas, na maior parte do tempo, podíamos encarar essa possibilidade sem grande preocupação.

V

Os vários códigos que nos apresentavam na St Cyprian – religiosos, morais, sociais e intelectuais –, caso examinássemos suas implicações, contradiziam-se uns aos outros. O principal conflito se dava entre a tradição do ascetismo oitocentista e o luxo e o esnobismo que realmente existiam na era pré-1914. De um lado, havia o cristianismo bíblico de linha protestante, o puritanismo sexual, a ênfase no trabalho árduo, o respeito pela distinção acadêmica, a crítica à indulgência consigo mesmo; do outro lado, o desdém pela "inteligência", o gosto pelas apostas, o desprezo pelos estrangeiros e pela classe trabalhadora, um pavor quase neurótico pela pobreza e, acima de tudo, o pressuposto não só de que o importante é o dinheiro e o privilégio, mas também de que é melhor herdá-los do que trabalhar por eles. Em termos gerais, a gente tinha de ser ao mesmo tempo cristão e figura da sociedade, o que é impossível. Na época, eu não percebia que os diversos ideais que nos eram apresentados se anulavam mutuamente. Via apenas que eram totalmente ou quase totalmente inatingíveis, no que se referia a mim, pois dependiam não só do que fazíamos, mas também de quem *éramos*.

Bem cedo, aos dez ou onze anos, cheguei à conclusão – ninguém me falou, mas, por outro lado, não inventei sozinho: estava no ar que eu respirava – de que a pessoa só prestava se tivesse 100 mil libras. Eu estabelecera essa soma específica talvez lendo Thackeray. Os juros sobre 100 mil libras rendiam 4 mil libras ao ano (eu preferia a segurança dessa porcentagem), montante que me parecia ser a renda mínima necessária para pertencer à camada realmente superior, o pessoal que tinha mansões no campo. Mas era evidente que eu nunca ingressaria nesse paraíso, ao qual só se pertencia de verdade quando se nascia dentro dele. No máximo, era possível *fazer* dinheiro, com uma operação misteriosa chamada "ir à bolsa" e, quando o sujeito saía da Bolsa, com suas 100 mil libras, já era velho e gordo. O que havia de realmente invejável nos grã-finos era serem ricos enquanto jovens. Para pessoas como eu, a classe média ambiciosa, os aprovados nos exames, o único sucesso possível era o de tipo esforçado e insípido. A gente galgava a escada das bolsas de estudo para ingressar no funcionalismo público ou no serviço público indiano, ou talvez para virar advogado. E se em algum momento a gente "escorregava" ou "desandava", perdendo um degrau da escada, virava "um ajudantezinho de escritório a 40 libras por ano". Mas, mesmo que a gente subisse até o nicho mais alto a que se podia ter acesso, ainda continuava a ser um subalterno, um dependente das pessoas realmente importantes.

Mesmo que não tivesse aprendido isso com Sambo e Flip, eu teria aprendido com os outros meninos. Olhando para trás, é um espanto ver como todos nós éramos íntima e conscientemente esnobes, versados em sobrenomes e endereços, rápidos em detectar pequenas diferenças na pronúncia, nas maneiras e no corte das roupas. Alguns meninos pareciam exsudar riqueza pelos poros, mesmo na triste desolação do semestre em pleno inverno. No começo e no final do semestre, principalmente, havia as conversas ingenuamente esnobes sobre a Suíça, sobre a Escócia com e suas charnecas e ajudantes de caça às aves, sobre "o iate de meu tio" e "nossa casa no campo", sobre "meu pônei" e "o carro de passeio de meu pai". Creio que nunca existiu na história do mundo uma época em que a pura e vulgar abundância de riqueza, sem qualquer traço de elegância aristocrática para redimi-la, fosse tão ostensiva quanto nos anos que antecederam 1914. Era a época em que milionários excêntricos de cartola redonda e colete lilás davam festas regadas a champanha em barcos rococós no Tâmisa, a época do diabolô e das saias justas no tornozelo, a época do "knut" com seu fraque e chapéu-coco cinzento, a época de *A viúva alegre*, dos romances de Saki, de *Peter Pan* e *Onde terminam os arco-íris*, a época em que as pessoas falavam de cigs e chocs, de coisas batutas, supimpas, estupendas, passavam um fim de semana soberbo em Brighton e tomavam o fabuloso chá da tarde no Troc [Trocadero de Paris]. Toda a década anterior a 1914 parece emanar odores do mais primário e vulgar tipo de luxo, odores de brilhantina, *crème--de-menthe* e chocolates trufados – uma atmosfera, por assim dizer, de perpétuos sorvetes de morango consumidos em gramados verdejantes ao som da *Eton Boating Song*. O espantoso era como todos pressupunham que essa riqueza transbordante e exorbitante da classe alta e da classe média alta iria durar para sempre e fazia parte da ordem natural das coisas. Após 1918, nunca mais foi a mesma. O esnobismo e os hábitos caros voltaram, claro, mas mais discretos e na defensiva. Antes da guerra, o culto ao dinheiro era totalmente irrefletido e sem qualquer dor na consciência. Dinheiro era bom, tão indiscutivelmente bom quanto a saúde ou a beleza, e um carro reluzente, um título de nobreza ou uma legião de criados se misturavam, na cabeça das pessoas, com a ideia de genuína virtude moral.

Na St Cyprian, na época das aulas, a aridez geral da vida impunha uma certa democracia, mas qualquer menção às férias, com a decorrente rivalidade na ostentação de carros, mordomos e casas no campo, imediatamente trazia à tona as distinções de classe. A escola ficava permeada por um bizarro culto à Escócia, o que mostrava a contradição fundamental em nosso padrão de valores. Flip dizia ser de linhagem escocesa e favorecia os meninos escoceses, incentivando-os a usarem kilts com o tecido xadrez de seus ancestrais em vez do uniforme escolar, e até batizou o filho mais novo com um nome gaélico. Em princípio, devíamos admirar os escoceses porque eram "sisudos" e "austeros" (a palavra-chave era, talvez, "severos"), e invencíveis no campo de batalha. Na ampla sala de aula, havia uma gravura em metal com a carga do regimento montado dos Scots Greys em Waterloo, todos parecendo apreciar muito aquele momento. Nossa imagem da Escócia era composta por *burns, braes, kilts, sporrans, claymores*,* gaitas de fole e coisas

---

* Termos escoceses designando respectivamente riachos entre montanhas, ribanceiras, saias de lã xadrez, bolsinhas usadas na frente dos kilts, espadas típicas de gume duplo. (N.T.)

do gênero, que vinham de alguma maneira associados aos efeitos revigorantes do mingau de aveia, do protestantismo e do clima frio. Mas, por trás de tudo isso, havia algo muito diferente. A verdadeira razão para o culto à Escócia era que apenas os ricaços passavam o verão lá. E a pretensa crença na superioridade escocesa servia para encobrir a consciência de culpa dos ingleses ocupantes, que haviam expulsado os camponeses das Terras Altas para ficar com elas, cedendo espaço às florestas de cervos, e como compensação converteram-nos em criados. O rosto de Flip sempre rebrilhava de inocente esnobismo quando falava da Escócia. De vez em quando, até tentava adotar alguns traços de sotaque escocês. A Escócia era um paraíso privado sobre o qual alguns poucos iniciados podiam falar, e que fazia os forasteiros se sentirem diminuídos.

– Vais para a Escócia essas férias?
– Claro! Vamos todo ano.
– Meu pai tem três milhas de rio.
– Meu pai vai me dar uma arma nova em meus doze anos. Tem uns tetrazes ótimos aonde vamos. Cai fora, Smith! Estás ouvindo o quê? Nunca foste à Escócia. Aposto que nem sabes como é um tetraz.

Depois disso, vinham as imitações do grito de um tetraz, do bramido de um cervo, do sotaque de "nossos *ghillies*" etc. etc.

E as perguntas a que de vez em quando sujeitavam os calouros de origem social incerta – perguntas muito surpreendentes em seus detalhes mesquinhos, se pensarmos que os inquisidores tinham apenas doze ou treze anos de idade!

"Quanto seu pai tem por ano? Em que parte de Londres vocês moram? Fica em Knightsbridge ou em Kensington? Quantos banheiros sua casa tem? Quantos criados sua família mantém? Vocês têm mordomo? E cozinheira, vocês têm? Quem é seu alfaiate? A quantos espetáculos você foi nas férias? Quanto dinheiro você trouxe na volta para cá?" etc. etc.

Vi um calouro novinho, que mal teria uns oito anos, mentindo desesperadamente durante um interrogatório desses:

— Sua família tem carro?
— Tem.
— Que marca?
— Daimler.
— De quantos cavalos?
(Pausa, e um salto no escuro.)
— Quinze.
— Que tipo de farol?
O menino fica desconcertado.
— Que tipo de farol? Elétrico ou de acetileno?
(Pausa mais longa, e outro salto no escuro.)
— Acetileno.
— Ha! Ele diz que o carro do pai tem farol de acetileno. Saíram de linha faz anos. Deve ser velho como o mundo.
— Que nada! Ele está inventando. Não tem carro. É só um pé-rapado. O pai é um pé-rapado.

E assim por diante.

Pelos critérios sociais a meu respeito, eu não prestava e jamais prestaria para nada. Mas todas as várias virtudes pareciam misteriosamente interligadas, pertencendo basicamente às mesmas pessoas. Não era só o dinheiro que importava: havia também força, beleza, charme, físico atlético e uma coisa chamada "fibra" ou "caráter", que na verdade significava o poder de impor aos outros a própria vontade. Eu não tinha nenhuma dessas qualidades. Nos esportes, por exemplo, eu era uma nulidade. Nadava bastante bem e não era péssimo no críquete, mas essas atividades não tinham prestígio, porque os meninos só atribuem importância a um esporte que exija força e coragem. O importante era o futebol, e nele eu era um desastre. Detestava o jogo e, como não conseguia ver qualquer prazer ou utilidade nele, era muito difícil mostrar coragem ao jogar. Minha impressão era que não se joga futebol pelo prazer de chutar uma bola, mas porque é uma espécie de combate. Os amantes de futebol são uns garotos grandalhões, brutos, ruidosos, que gostam de derrubar e pisotear os garotos um pouco menores. Era esse o padrão da vida na escola – a vitória constante dos fortes sobre os fracos. A virtude consistia em vencer: consistia em ser maior, mais forte, mais bonito, mais rico, mais popular, mais elegante, mais inescrupuloso do que os outros – em dominá-los, molestá-los, causar-lhes dor, fazê-los de bobos, aproveitar-se deles de todas as maneiras. A vida era hierárquica e o que acontecesse era certo. Existiam os fortes, que mereciam vencer e sempre venciam, e existiam os fracos, que mereciam perder e sempre perdiam, permanentemente.

Eu não questionava os critérios vigentes, porque, até onde via, não existiam outros. Como os ricos, os fortes, os elegantes, os finos, os poderosos podiam estar errados? Era o mundo deles, e as regras que criavam para esse mundo certamente eram as corretas. Apesar disso, desde cedo eu percebia a impossibilidade de qualquer aceitação *subjetiva*. Dentro de mim, o eu interior sempre parecia estar desperto, apontando a diferença entre a obrigação moral e o *fato* psicológico. O mesmo se dava em todos os assuntos, fossem terrenos ou supraterrenos. Tome-se a religião, por exemplo. Devíamos amar Deus, e eu não questionava isso. Até os catorze anos, mais ou menos, eu acreditava em Deus e acreditava nas explicações dadas sobre ele. Mas sabia muito bem que não o amava. Pelo contrário, sentia ódio por ele, assim como odiava Jesus e os patriarcas hebreus. Se tinha alguma simpatia por algum personagem do Antigo Testamento, era por figuras como Caim, Jezebel, Hamã, Agag, Sísera; no Novo Testamento, se sentia amizade por alguém, era por Ananias, Caifás, Judas e Pôncio Pilatos. Mas a coisa toda da religião parecia repleta de impossibilidades psicológicas. O Livro de Orações, por exemplo, dizia para amarmos e temermos Deus: mas como vamos amar alguém que tememos? O mesmo se passava com as afeições privadas. Geralmente era bastante claro o que *devíamos* sentir, mas a emoção apropriada não obedecia aos comandos. Claro que eu tinha o dever de sentir gratidão por Flip e Sambo; mas eu não era grato. Da mesma forma, era bastante claro que devíamos amar nosso pai, mas eu sabia muito bem que simplesmente não gostava de meu pai, que mal vira antes dos oito anos e que me aparecia apenas como um homem de idade, de voz áspera, sempre dizendo "Não". Não que a gente não quisesse ter as qualidades certas ou sentir as emoções corretas; simplesmente não conseguia. O bom e o possível nunca pareciam coincidir.

Há um verso que conheci não quando estava na St Cyprian, mas um ou dois anos depois, e que soou como um eco de chumbo dentro de mim. Era: "Os exércitos da lei inalterável".* Entendi plenamente o que significava ser Lúcifer, derrotado e justamente derrotado, sem possibilidade de uma revanche. Os professores com suas varas, os milionários com seus castelos escoceses, os atletas com seus cabelos encaracolados – tais eram os exércitos da lei inalterável. Na época, não era fácil entender que, na verdade, ela *era* alterável. E, segundo essa lei, eu estava

---

* "Eco de chumbo", referência ao poema de Gerard Manley Hopkins, "The Leaden Echo and the Golden Echo"; "Os exércitos ...", verso de *Lucifer in Starlight*, de George Meredith. (N.T.)

condenado. Não tinha dinheiro, era fraco, era feio, era impopular, tinha tosse crônica, era covarde, cheirava mal. Devo dizer que esse quadro não era totalmente fantasioso. Eu era um menino pouco atraente. Mesmo que antes não o fosse, a St Cyprian logo me deixou assim. Todavia, a percepção de uma criança sobre suas falhas pessoais não é muito influenciada pelos fatos. Eu acreditava, por exemplo, que "cheirava mal". Mas isso se baseava apenas numa probabilidade geral. Era notório que pessoas desagradáveis cheiravam mal e, portanto, era de se presumir que eu também cheirava mal. Da mesma forma, depois de deixar a escola em caráter definitivo, continuei a acreditar que eu era excepcionalmente feio. Era o que meus colegas de escola me haviam dito, e eu não tinha outra autoridade à qual recorrer. A convicção de que me era *impossível* ter sucesso era profunda a ponto de influenciar minhas ações durante anos de minha vida adulta. Até os trinta anos, sempre planejei minha vida pressupondo não só que qualquer iniciativa de maior envergadura estaria fadada ao fracasso, mas também que tinha poucos anos de vida pela frente.

Esse sentimento de culpa e inevitável fracasso, porém, era equilibrado por uma outra coisa: o instinto de sobrevivência. Mesmo uma criatura fraca, feia, covarde, malcheirosa, totalmente injustificável, ainda assim quer continuar viva e ser feliz à sua maneira. Eu não podia inverter a escala de valores existente nem me transformar num sucesso, mas podia aceitar meu fracasso e aproveitá-lo como possível. Podia me resignar a ser o que era, e então me esforçar em sobreviver nesses termos.

Sobreviver ou, pelo menos, preservar algum tipo de independência era algo essencialmente criminoso, pois significava transgredir regras que a própria pessoa reconhecia. Havia um menino chamado Johnny Hale, que me infernizou medonhamente durante alguns meses. Era um garoto taludo, forte, de uma beleza rude, com um rosto muito corado e cabelo preto encaracolado, que vivia torcendo o braço de alguém, repuxando a orelha de alguém, fustigando alguém com um chicote de montaria (ele fazia parte da Sexta Turma) ou fazendo proezas no campo de futebol. Flip o adorava (e por isso ele era habitualmente chamado pelo primeiro nome) e Sambo o elogiava como menino que "tinha caráter" e "conseguia manter a ordem". Vivia acompanhado por um grupo de aduladores que o apelidavam de *Strong Man*.

Um dia, quando estávamos tirando nossos aventais no vestiário, Hale implicou comigo por alguma razão. Eu "respondi". Então ele agarrou e torceu meu pulso e dobrou meu antebraço para baixo, causando uma dor medonha. Lembro de seu rosto vermelho bonito e zombeteiro sobre mim. Creio que ele era mais velho do que eu, além de ser imensamente mais forte. Quando me soltou, uma decisão maligna e implacável se formou espontaneamente dentro de mim. Eu revidaria com um golpe quando ele menos esperasse. Era um momento estratégico, pois o professor que ia "fazer" o passeio logo mais estaria de volta, e aí não poderia haver brigas. Deixei passar um minuto, talvez, fui até Hale com o ar mais inofensivo que consegui adotar e então, dando impulso com todo o meu peso, desferi um soco na cara dele. O golpe o arremessou para trás e sua boca começou a sangrar. O rosto sempre vermelho ficou quase preto de raiva. Então ele se virou e foi enxaguar a boca na pia.

– *Espere só!* – disse-me entredentes quando o professor nos levou para o passeio.

Depois disso, Hale passou dias me seguindo, me desafiando para uma briga. Embora quase louco de medo, recusei todas as vezes. Falei que o soco na cara tinha sido merecido e que parássemos por aí. O curioso foi que ele não tinha partido para cima de mim naquela mesma hora, o que provavelmente lhe traria o apoio da opinião pública. Assim, o assunto foi sumindo aos poucos e não houve briga.

Ora, eu tinha me comportado mal, tanto pelo código dele quanto por meu próprio código. Era errado bater nele de surpresa. Mas, depois disso, recusar-me a brigar, sabendo que, se brigássemos, ele me venceria – isso era muito pior: era covardia. Se eu tivesse recusado porque era contrário a brigas ou porque achava realmente que o assunto estava encerrado, não haveria problemas; mas eu havia recusado simplesmente porque estava com medo. Com isso, o próprio revide se esvaziava de sentido. Tinha dado o soco num ímpeto de violência irrefletida, deixando deliberadamente de olhar mais à frente, simplesmente decidido a me vingar e danem-se as consequências. Tivera tempo suficiente para entender que agira errado, mas era o tipo de crime do qual se podia extrair uma certa satisfação. Agora tudo isso se anulara. A primeira ação havia mostrado uma certa coragem, mas minha covardia posterior a neutralizara.

O que mal cheguei a notar foi que, embora me desafiasse para a briga, Hale não me atacou. Na verdade, depois daquele soco, nunca mais ele me incomodou. Passaram-se talvez uns vinte anos até que eu percebesse a importância disso. Na época, eu não conseguia enxergar além do dilema moral que se apresenta aos fracos num mundo comandado pelos fortes: transgredir as regras ou morrer. Não enxergava que, num caso desses, os fracos têm o direito de criar para si mesmos outro conjunto de regras; mesmo que essa ideia tivesse me ocorrido, não havia ninguém em meu meio que fosse capaz de confirmá-la para mim. Eu vivia num mundo de garotos, animais gregários que não questionavam nada, aceitavam a lei do mais forte e se vingavam das humilhações sofridas descontando em cima dos menores. Minha situação era a mesma de outros inúmeros meninos; se eu era potencialmente mais rebelde do que a maioria deles, era apenas porque, pelos critérios dos garotos, eu era um espécime mais medíocre. Mas nunca me rebelei intelectualmente, apenas emocionalmente. Não tinha nada que me ajudasse, a não ser meu obtuso egoísmo, minha incapacidade não de me desprezar, mas de *não gostar* de mim mesmo, meu instinto de sobrevivência.

    Cerca de um ano depois do soco que dei na cara de Johnny Hale, saí definitivamente da St Cyprian. Era o final do semestre de inverno. Com a sensação de sair da escuridão para a luz do sol, pus minha gravata de Ex-Aluno [Old Boy] e nos preparamos para a viagem. Lembro bem o sentimento de emancipação, como se a gravata fosse, ao mesmo tempo, um símbolo de masculinidade e um amuleto contra a voz de Flip e a vara de Sambo. Estava escapando da servidão. Não que eu esperasse ou sequer pretendesse ter mais êxito numa escola pública do que tivera na St Cyprian. Mesmo assim, estava escapando. Sabia que, numa escola pública, haveria mais privacidade, mais negligência, mais chance de ser preguiçoso, indulgente comigo mesmo e degenerado. Fazia anos que resolvera – de modo inicialmente inconsciente, mas depois consciente – que, quando ganhasse minha bolsa de estudos, ia "desleixar" e não me afobaria mais. Aliás, cumpri tão fielmente essa minha resolução que, entre os treze e os 22 ou 23 anos, sempre que podia evitar um trabalho eu mal mexia um dedo.

    Flip se despediu com um aperto de mãos. Até me tratou pelo nome de batismo pela ocasião. Mas tinha no rosto e na voz uma espécie de ar de superioridade, quase de desdém. Despediu-se de mim quase no mesmo tom com que costumava dizer *borboletinhas*. Eu ganhara duas bolsas de estudos, mas era um fracasso, porque o sucesso se media não pelo que a gente fazia, mas pelo que a gente *era*. Eu "não era um bom tipo de garoto" e não poderia trazer qualquer mérito à escola. Não tinha caráter, coragem, saúde, força, dinheiro, nem mesmo boas maneiras, o poder de se afigurar como um cavalheiro.

"Adeus; não vale a pena discutir agora", era o que parecia dizer o sorriso de despedida de Flip. "Você não aproveitou muito bem seu tempo na St Cyprian, não é? E não creio que se sairá maravilhosamente bem numa escola pública tampouco. Realmente cometemos um erro desperdiçando nosso tempo e nosso dinheiro com você. Esse tipo de educação não tem muito a oferecer a um garoto com sua origem e sua perspectiva. Oh, não pense que não o entendemos! Sabemos muito bem as ideias que você tem lá no fundo, sabemos que você não acredita em nada do que lhe ensinamos, e sabemos que não sente a mínima gratidão por tudo o que fizemos por você. Mas agora de nada adianta trazer tudo isso à baila. Não somos mais responsáveis por você e não voltaremos a vê-lo. Reconheçamos apenas que você é um de nossos fracassos e separemo-nos sem mágoas. Então, adeus".

Pelo menos foi isso o que li em seu rosto. E, no entanto, como eu estava feliz, naquela manhã de inverno, enquanto partia no trem com a nova gravata de seda brilhante (verde-escuro, azul-claro e preto, se bem me lembro) no pescoço! O mundo se abria à minha frente, apenas um pouquinho, como um céu cinzento que mostra uma fresta estreita de azul. Uma escola pública seria bem mais divertida do que a St Cyprian, mas, no fundo, igualmente alheia a mim. Num mundo onde as necessidades primárias são o dinheiro, parentes com títulos, um físico atlético, roupas feitas no alfaiate, o cabelo bem escovado, um sorriso encantador, eu não valia nada. A única coisa que ganhara foi espaço para respirar. Um pouco de silêncio, um pouco de indulgência comigo mesmo, um pouco de folga nas tarefas de escola – e aí a ruína. Que ruína seria, eu não sabia: talvez as colônias ou um banquinho de escritório, talvez a prisão ou uma morte prematura. Mas primeiro teria um ou dois anos em que poderia "desleixar" e gozar os benefícios de meus pecados, como doutor Fausto. Eu acreditava convictamente em meu mau destino e, no entanto, sentia-me vivamente feliz. A vantagem de ter treze anos de idade é que a gente pode não só viver o momento, mas também vivê-lo de plena consciência, antevendo o futuro e, mesmo assim, sem me preocupar se iria no semestre seguinte para Wellington. Eu também tinha recebido uma bolsa em Eton, mas não sabiam se haveria vaga, e estava indo antes para Wellington. Em Eton, a gente tinha quarto individual – que até podia contar com lareira. Em Wellington, a gente tinha um cubículo próprio e podia preparar um leite com chocolate à noite. A privacidade, o ar adulto disso! E as bibliotecas que a gente podia frequentar, as tardes de verão fugindo dos esportes e vagueando em paz pelos campos, sem nenhum professor dando ordens. Enquanto isso, eram as férias. Havia o rifle 22 que eu tinha comprado nas férias anteriores (o Crackshot, como se chamava, custando 22 xelins e 6 pence), e o Natal era na próxima semana. Havia também os prazeres de se empanturrar. Pensei nuns bolinhos recheados de creme especialmente voluptuosos, a dois pence cada, que eu podia comprar numa doceria em nossa cidade. (Estávamos em 1916, e o racionamento ainda não começara.) Até o detalhe de um pequeno erro de cálculo para as despesas de viagem, que resultou num xelim a mais – que daria para uma xícara de café e um ou dois pedaços de bolo em algum lugar do trajeto –, foi suficiente para me encher de felicidade. Havia tempo para um pouco de felicidade antes que o futuro se fechasse sobre mim. Eu sabia, porém, que era um futuro sombrio. Fracasso, fracasso, fracasso – fracasso atrás de mim, fracasso à minha frente: esta era, de longe, a convicção mais profunda que eu trazia comigo.

VI

Tudo isso foi mais de trinta anos atrás. A pergunta é: hoje em dia, uma criança passa pelo mesmo tipo de experiência na escola?

A única resposta sincera, creio eu, é que não sabemos com certeza. É óbvio, claro, que a *atitude* atual em relação ao ensino é imensamente mais humana e mais sensata do que no passado. O esnobismo que fazia parte integrante de minha própria educação seria hoje quase inconcebível, porque a sociedade que o alimentava morreu. Lembro uma conversa que deve ter ocorrido cerca de um ano antes de minha saída da St Cyprian. Um menino russo, taludo, de cabelo loiro, um ano mais velho que eu, estava me interrogando.

– Quanto seu pai tem por ano?

Falei o que imaginava que seria, acrescentando algumas centenas de libras para soar melhor. O menino russo, de hábitos muito metódicos, pegou um lápis e um caderninho e fez uns cálculos.

– Meu pai tem mais de duzentas vezes mais dinheiro do que seu pai – anunciou ele com uma espécie de desprezo divertido.

Isso foi em 1915. O que terá acontecido com aquele dinheiro uns dois anos mais tarde?, pergunto-me eu. E me pergunto ainda mais se continuam a existir tais conversas nas escolas preparatórias.

Houve, evidentemente, uma enorme mudança de perspectiva, um aumento geral do "esclarecimento", mesmo entre as pessoas comuns, não pensantes, da classe média. A crença religiosa, por exemplo, desapareceu em larga medida, arrastando consigo outros tipos de absurdos. Imagino que, hoje em dia, pouquíssimos diriam a uma criança que, se ela se masturbar, acabará no manicômio. As surras também caíram em descrédito e até foram abolidas em muitas escolas. Tampouco a alimentação insuficiente das crianças é tida como procedimento normal, quase meritório. Hoje ninguém decidiria explicitamente dar o mínimo de comida possível a seus alunos, nem lhes diria que é saudável sair da mesa com a mesma fome com que se sentou a ela. A situação geral das crianças melhorou, em parte porque houve uma relativa diminuição no número delas. E a difusão mesmo que de apenas um pouquinho de conhecimento psicológico dificulta que pais e professores se entreguem a suas aberrações em nome da disciplina. Eis um caso, que não conheço pessoalmente, mas que me foi contado por alguém em quem confio, e que aconteceu nesse meu tempo de vida. Uma menina, filha de um clérigo, continuava a molhar a cama numa idade em que já devia ter superado isso. Para puni-la por ação tão horrenda, o pai levou a filha a uma grande festa ao ar livre e a apresentou a todos dizendo que a menina molhava a cama; para ressaltar a perversidade da filha, ele lhe pintara previamente o rosto de preto. Não estou dizendo que Flip e Sambo fariam uma coisa dessas, mas duvido que ficassem muito surpresos. Enfim, as coisas mudam. E no entanto...!

A questão não é se os meninos ainda se afivelam em colarinhos Eton aos domingos ou aprendem que os bebês surgem embaixo das groselheiras. Essas coisas estão reconhecidamente no fim. A verdadeira questão é se ainda é normal que uma criança de escola passe anos entre terrores irracionais e mal-entendidos malucos. E aqui nos deparamos com a enorme dificuldade de saber o que uma criança realmente sente e pensa. Uma criança que aparenta estar razoavelmente feliz pode, na verdade, estar sofrendo horrores que não pode ou não quer revelar. Ela vive numa espécie de estranho mundo subaquático onde só podemos penetrar por adivinhação ou pela memória. Nossa grande pista é que já fomos crianças, e muita gente parece esquecer quase por completo a atmosfera de sua própria infância. Pense-se, por exemplo, nos tormentos desnecessários que a pessoa inflige ao mandar a criança de volta à escola com roupas do padrão errado, negando-se a ver que isso é importante! Sobre coisas assim, a criança às vezes emite um protesto, mas, durante grande parte do tempo, ela simplesmente adota a atitude de esconder. Ocultar os verdadeiros sentimentos aos adultos parece ser algo instintivo desde os sete ou oito anos de idade. Mesmo a afeição que se sente por uma criança, o desejo de protegê-la e acarinhá-la, é causa de mal-entendidos. Um adulto pode talvez amar uma criança mais do que ama outro adulto, mas é precipitado supor que a criança sente qualquer amor em retribuição. Lembrando minha meninice, após a primeira infância, creio que nunca senti amor por qualquer adulto, exceto minha mãe, e nem mesmo nela eu confiava, no sentido de que, por timidez, eu lhe escondia a maioria de meus verdadeiros sentimentos. O amor, a emoção espontânea e irrestrita do amor, era algo que eu só conseguia sentir por pessoas que fossem jovens. Por pessoas que eram velhas – e lembremos que, para uma criança, "velho" é quem tem mais de 30 anos, ou até mesmo mais de 25 anos – eu podia sentir reverência, respeito, admiração ou compunção, mas parecia apartado deles por um véu de medo e timidez, a que se somava um desagrado físico. As pessoas esquecem muito rápido como a criança se retrai *fisicamente* diante de um adulto. O tamanho enorme dos adultos, o corpo duro e rígido, a pele áspera e enrugada, as pálpebras grandes e flácidas, os dentes amarelos, o cheiro das roupas emboloradas e o bafo de cerveja, de suor, de tabaco que se desprendem deles a cada movimento! A feiura dos adultos aos olhos de uma criança se deve, em parte, ao fato de que geralmente ela está olhando para cima, e são poucos os rostos que mostram seu melhor ângulo vistos de baixo. Além disso, como a criança tem frescor e não carrega marcas, seus critérios em termos de pele, dentes e compleição são altíssimos. Mas a maior barreira é a noção equivocada da criança sobre a idade. Ela dificilmente consegue imaginar a vida além dos trinta e, ao julgar a idade das pessoas, comete erros fantásticos. Pensa que uma pessoa de 25 anos tem quarenta, uma de quarenta tem 65, e assim por diante. Assim, quando me apaixonei por Elsie, pensei que era adulta. Voltei a encontrá--la aos treze anos, e ela devia estar, creio eu, com 23, e então me pareceu de meia-idade, já um tanto passada. E a criança vê o envelhecimento como uma calamidade quase obscena, que por alguma misteriosa razão nunca lhe acontecerá. Todos os que passaram dos trinta são tristes figuras grotescas, sempre às voltas com coisas sem qualquer importância, que, aos olhos de uma criança, continuam vivas sem qualquer razão para viver. Somente a vida da criança é a vida real. O professor que imagina ter o amor e a confiança de seus alunos é, na verdade, arremedado e ridicularizado pelas costas. Um adulto que não parece perigoso quase sempre parece ridículo.

 Baseio essas generalizações no que consigo lembrar de minhas posições durante a infância. Por traiçoeira que seja a memória, parece-se ser o principal meio de que dispomos para descobrir como opera a mente de uma criança. Somente ressuscitando nossas próprias lembranças é que podemos entender a que ponto a visão infantil do mundo é incrivelmente distorcida. Veja-se isso, por exemplo. Se eu pudesse voltar a 1915, com a idade que tenho agora, como a St Cyprian me pareceria? O que eu pensaria de Sambo e Flip, aqueles monstros terríveis e onipotentes? Pensaria que eram um casal tolo, superficial, incompetente, ansiando em subir numa escala social que qualquer ser pensante veria que estava prestes a cair. Sentiria medo deles tanto quanto de um ratinho. Além disso, naqueles tempos os dois me pareciam fantasticamente velhos, ao passo que agora imagino – embora não tenha certeza – que deviam ser um pouco mais novos do que eu, agora. E como me pareceria Johnny Hale, com seus braços de ferreiro e o rosto vermelho e escarninho? Um simples menino mal-ajambrado, que mal se distinguia de centenas de outros meninos mal-ajambrados. Os dois conjuntos de fatos podem ficar lado a lado em minha mente porque são essas as lembranças que tenho. Mas seria muito difícil enxergar com os olhos de qualquer outra criança, a não ser com um esforço da imaginação que poderia me levar por um rumo completamente equivocado. A criança e o adulto vivem em mundos diferentes. Nesse caso, não podemos ter certeza se a escola, pelo menos a escola interna, não continua a ser para muitas crianças uma experiência tão aterradora quanto costumava ser. Elimine-se Deus, eliminem-se o latim, a vara, as distinções de classe e os tabus sexuais, e o medo, o ódio, o esnobismo e o mal-entendido ainda podem continuar presentes. Há de se ter visto que meu problema principal era a absoluta falta de qualquer senso de proporção ou de probabilidade. Isso me levava a aceitar afrontas, acreditar em absurdos e sofrer tormentos por coisas que, na verdade, não tinham qualquer importância. Não basta dizer que eu era "bobo" e "deveria saber". Veja sua própria infância e pense nas bobagens em que acreditava e nas trivialidades que lhe causavam sofrimento. Claro que meu caso pessoal tinha seus traços próprios, mas era basicamente o mesmo de inúmeros outros meninos. O ponto fraco da criança é que ela começa com uma folha em branco. Não entende nem questiona a sociedade em que vive, e, por causa de sua credulidade, outras pessoas podem moldá-la, incutindo-lhe um sentimento de inferioridade e o pavor de ferir leis misteriosas e terríveis. Tudo o que me aconteceu na St Cyprian poderia talvez ocorrer na mais "esclarecida" das escolas, ainda que sob formas mais sutis. Mas de uma coisa eu tenho plena certeza: os internatos são piores do que os externatos. Uma criança tem melhores chances quando conta com o santuário do lar. E penso que os defeitos típicos das classes médias e altas inglesas podem, em parte, decorrer do costume – generalizado, até pouco tempo atrás – de mandar para longe de casa os filhos ainda novos, com nove, oito ou mesmo sete anos de idade.

    Nunca voltei à St Cyprian. As reuniões, os jantares dos ex- -alunos e coisas do gênero me causam mais do que indiferença, mesmo quando as lembranças são cordiais. Nunca voltei a Eton, onde fui relativamente feliz, embora tenha passado por lá em 1933, percebendo com interesse que tudo parecia igual, com a exceção de que agora as lojas vendiam aparelhos de rádio. Quanto à St Cyprian, passei anos com uma aversão tão visceral a seu mero nome que não conseguia vê-la com distanciamento suficiente para enxergar a relevância das coisas que me aconteceram lá. Em certo sentido, foi apenas nessa última década que realmente refleti sobre meus tempos de escola, por mais que a vívida lembrança deles me perseguisse continuamente. Hoje em dia, creio eu, pouco me impressionaria revê-la, se é que ela ainda existe. (Lembro que, alguns anos atrás, ouvi um boato de que fora destruída por um incêndio.) Se tivesse de passar por Eastbourne, não chegaria a fazer um desvio para evitar a escola;

se por acaso passasse por ela, talvez até parasse por um instante ao lado da mureta de tijolos, de onde descia a ribanceira íngreme, e olharia para além do campo de esportes até o edifício feioso com a praça asfaltada na frente. E, se entrasse e sentisse de novo o cheiro turvo e poeirento da ampla sala de aula, o cheiro resinoso da capela, o cheiro parado da piscina e o cheiro implacável dos banheiros, creio que só sentiria aquilo que se sente invariavelmente quando se revê qualquer local da infância: como tudo ficou pequeno, e que terrível a deterioração em mim mesmo! Mas o fato é que, por muitos anos, dificilmente eu suportaria olhá-la outra vez. A não ser por alguma extrema necessidade, eu não poria os pés em Eastbourne. Até criei preconceito contra Sussex, por ser onde ficava a St Cyprian, e como adulto estive uma única vez em Sussex, numa rápida visita. Agora, porém, o local já saiu definitivamente de meu sistema orgânico. Sua mágica não tem mais efeito sobre mim, e nem me restou animosidade suficiente para esperar que Flip e Sambo tenham morrido ou que o boato sobre o incêndio da escola seja verdadeiro.

Sobre o autor

GEORGE ORWELL (1903-1950, pseudônimo de Eric Arthur Blair) nasceu em Bengala, então parte da Índia britânica, filho de um oficial civil britânico e da filha de um mercador de origem francesa. O próprio autor mais tarde descreveria a família como classe média com pretensões de status desproporcionais à renda. Assim, ele cresceu numa atmosfera de elite esnobe e decadente. Graças ao desempenho acadêmico brilhante no internato, ganhou bolsas de estudos para duas das mais prestigiosas escolas do país, Wellington e Eton; nesta última, estudou de 1917 a 1921, teve notável desempenho e foi aluno de Aldous Huxley. Também lá começou a escrever em jornais estudantis. Em vez de entrar na universidade, decidiu seguir a tradição familiar e juntou-se à Polícia Imperial, na Birmânia, como assistente de superintendente distrital. Teve vários postos e cumpriu o dever com excelência, respeitando as barreiras de castas e de etnia. Porém, ao ver com os próprios olhos a contrariedade com que os birmaneses se submetiam ao jugo britânico, passou a sentir-se cada vez mais desconfortável como oficial. Em 1927, de folga na Inglaterra, decidiu não retomar seu posto e renunciou à Polícia Imperial. Determinado a experimentar a vida das pessoas miseráveis, mudou-se para o East End de Londres para habitar uma moradia barata entre trabalhadores e mendigos. Em seguida mudou-se para Paris, onde precisou realizar trabalhos braçais para sobreviver. Descreveu sua experiência de viver pobremente e de desempenhar funções consideradas inferiores no livro *Na pior em Paris e Londres*, publicado em 1933, já com o pseudônimo pelo qual ficaria conhecido e obtendo algum reconhecimento crítico.

Em 1934, lançou seu primeiro romance, *Dias na Birmânia*. Essas obras da juventude, além de marcadas pela experiência da pobreza, mostram seu posicionamento político alinhado ao movimento anarquista, que na década de 1930 penderia ao socialismo. Ele era, desde o início, essencialmente um escritor político, que se interessava pelos problemas de sua época. Em 1935 publicou seu segundo romance, *A filha do reverendo*, e no ano seguinte, *A flor da Inglaterra*, também uma obra ficcional. A essa altura já desenvolvera uma total aversão ao imperialismo, acompanhada de uma rejeição ao estilo de vida burguês.

Em 1936, recebeu a encomenda de escrever um relato sobre a pobreza entre mineradores desempregados no norte da Inglaterra, que daria origem a *O caminho para Wigan Pier* (que seria publicado no ano seguinte); nele, combina reportagem e indignação, mistura que se tornaria sua marca característica. Ainda em 1936, viajou à Espanha a fim de cobrir a Guerra Civil Espanhola e lá decidiu se juntar às forças legalistas que combatiam Francisco Franco e os nacionalistas, chegando ao posto de segundo-tenente. Em meados de 1937 precisou fugir de comunistas apoiados pela União Soviética de Stálin que buscavam reprimir dissidentes socialistas. Foi esta experiência que o transformou num ferrenho antistalinista e opositor aos totalitarismos políticos, e que está contada em *Homenagem à Catalunha*, de 1938, considerada uma de suas melhores obras.

De volta à Inglaterra, escreveu também *Um pouco de ar, por favor!* (1939), onde já expressa seus medos quanto à guerra e ao fascismo. Quando a Segunda Guerra Mundial estourou, foi recusado pelas forças armadas e, em vez de ir ao front, passou a

Sobre o autor

coordenar o serviço indiano da British Broadcasting Corporation (BBC), onde trabalhava com propaganda. Em 1943 saiu da BBC e tornou-se editor de literatura do periódico *Tribune*, uma revista identificada com a esquerda. Era então um jornalista prolífico, escrevendo resenhas, ensaios e artigos, além de livros.

Em 1944 terminou *A Fazenda dos Animais*, inspirado na traição dos ideais da Revolução Russa por Stálin. A publicação não foi desprovida de polêmica, tendo o livro sido recusado por várias casas editoriais; ao fim da Segunda Guerra Mundial, muitos se opunham a confrontar Stálin e a União Soviética, que se juntaram às forças aliadas e foram cruciais para a derrota da Alemanha nazista. Publicado em 1945, o livro trouxe fama e também conforto material ao autor. Já não era sem tempo, pois sua saúde – Orwell sofria de tuberculose – vinha se deteriorando. Entre uma hospitalização e outra, escreveu *1984*, fruto de anos de reflexão sobre as ameaças gêmeas que marcaram sua vida: o nazismo e o stalinismo. O romance foi publicado em junho de 1949 e, assim como *A Fazenda dos Animais*, seria alçado ao cânone das principais obras de ficção do século XX. Ambientado em um futuro imaginário, em que o mundo é dominado por três Estados policiais e totalitários, *1984* tornou-se um clássico da distopia, aclamado pela crítica e popular em todo mundo, e as expressões-chave criadas por Orwell para designar os abusos da política moderna passariam ao léxico cotidiano. O autor faleceu em Londres, na Inglaterra, em janeiro de 1950.

lepmeditores

www.lpm.com.br
o site que conta tudo

Impresso na Gráfica BMF
2022